LOCUS

LOCUS

LOCUS

LOCUS

太妃頭抽脂日記

張永昕●著

catch093　太妃頭抽脂日記　Taffi's Liposuction Diary　張永昕／著　責任編輯：韓秀玫　美術編輯：林家琪
法律顧問：全理律師事務所董安丹律師　出版者：大塊文化出版股份有限公司　台北市105南京東路四段25號11樓
讀者服務專線：0800-006689　TEL：(02)87123898　FAX：(02) 87123897　郵撥帳號：18955675　戶名：大塊文化
出版股份有限公司　e-mail:locus@locuspublishing.com　**www.locuspublishing.com**　行政院新聞局局版北市業字第
706號　版權所有　翻印必究　總經銷：大和書報圖書股份有限公司　地址：台北縣五股工業區五工五路2號
TEL：(02) 8990-2588（代表號）　FAX：(02) 2290-1658　初版一刷：2005年 6月　定價：新台幣200元
ISBN 986-7291-38-7　Printed in Taiwan

Virtous is its own reward

太妃頭抽脂日記

給那些在網路上不吝嗇與全球分享的勇敢整型姊妹們，這本書寫著妳們值得欽佩的勇氣！

給那些利用網路來達到商業利益的不肖醫生們，希望這本書能終結你們誇張不實的謊言！

給媽媽和舅媽，謝謝妳們借給我的12萬台幣。當妳們看到這本書時，正是我還妳們錢的時候，再次證明「書中自有黃金屋」的古諺。

給X醫生，我不會幫你打廣告，因為你沒付給我廣告費，但是很感謝你的醫德、誠實與耐心。

Thank you babe for waking me up while I was so lost in this whole convoluted plastic drama.

TO EVERY GIRLS GROWN WOMEN MATURED WOMEN   INTELLIGENT WOMEN, thank you for your aptitude for choosing reading this book over all other celebrity DIY craps that's happening on the book shelfs!

AND

To Bruce Hall, my Step-Father, who witnessed and experienced my unpleasant growing pain; though you can't read Chinese, but this book is dedicated to you.

太妃頭抽脂日記

人因無知而恐懼。

我在還沒接受抽脂塑身前，對於抽脂，總是抱著懷疑的態度，並且總認為抽脂是一種虛榮的表現。但是當我開始試著從醫學角度來看抽脂，我才發現原來這是一項非常簡單易懂的手術。在這個營養過剩、垃圾食物過多的時代裡，如何控制自己的脂肪膨脹是現代人最大的課題之一。愛美的女生們，抽脂無罪，只要妳們願意為自己的身體負責，做足功課，抽脂是可以讓人回復原有曲線的！

我曾經很瘦，大概是11歲的時候吧！但自從移民到了美國後，我的體重好像績優股般呈直線攀升，從原來的80磅（36.28公斤）爬到了最高峰128磅（58公斤）。老實說，長期住在美國，我從末對自己的體型感到自卑，在美國買衣服時也總是買小號的，天知道，美國的S號原來比台灣的M號都要大。搬回台灣後，我在三天的時間內接受了我是胖妹的事實！

這麼說吧，回到台灣後，如何讓自己更瘦已經成為我的事業。而在一片強烈妖魔化肥胖的迷亂氣氛下，剛從美國回來的我馬上陷入了無止境的減肥魔咒，減肥似乎成為我每天都要面的對課題之一。

從一個小朋友，到少女、到女生、到女人，到現在的台灣新少婦代言人。

超瘦的上半身與超誇張的下半身，我的A字身材比例，讓我成為日本廣告商心目中理想的好媽媽，與台灣廣告客戶心目中的最佳新婚太太。表面上這本書寫著我的瘦身過程，從剛開始認為運動就可以瘦到MODEL身材的天真期，到發現跑步只會讓你下半身越跑越壯大的挫折期，進而進入了看針灸、看整骨、吃高蛋白質減肥，外加精油按摩的偏方期；到束手無策吃減肥藥期，然後到被減肥藥的副作用嚇到的震驚期；再到開始慢慢瞭解自己的身體，到開始尊重自己的身體，到開始觀察自己的身體的研究期。然後，毅然地決定抽脂塑身。

這本書，是我對於抽脂減肥迷思的總結論。

或許大家可以由這本書來探討21世紀初台灣人對於女性外表的審美觀，更或許可從這本書裡觀看出美容醫學界的醜惡與人們的盲目。
追求美的同時，我們是否要去省思我們的內在美與外在美是不是保持在同等的水平上？！

各位水水們，共勉之…………

目錄

Chapter 1

陷入減肥迷思前的我

小時候

童年時，我很不願意承認自己是女生的事實。

小時候，我最熱中的遊戲之一竟然是「玩打架」。

當然，打的都是瘦不拉幾的，或是矮小不討喜的小男生。作風中性的我曾經嘗試著站著小便，並且因為命中率極高而沾沾自喜跟爸媽宣布我以後也是男生了……至少，上廁所的時候是。很難想像二十幾年後，我居然會因為身體曲線不符合現代標準的審美觀而苦不堪言。

少女期，我雖然不再站著小便，也不再有虐待男同學的怪癖傾向，但是我也不像一般思春期少女，會開始注意自己的外在打扮。老實說，「身材」這兩個字壓根就沒有在我的腦海裡出現過。那時的生活過得非常充實，媽媽每天都會打麻將，不論輸贏都會給我吃紅。記憶中，我經常口袋裡揣著500、1000，我會去書店蹲著看書、買書。那時我瘦瘦的，吃得不多，但是精神糧食卻十分充裕！

對於小時候的身材的記憶並不多，只有一次，大概是10歲吧，有天晚上洗完澡包著條毛巾就跑進房間裡準備穿衣服，打開衣櫃穿衣服前，突然不經意地瞄了一下穿衣鏡。剎那間，我看見自己的裸體，我瞪著它好一會兒，好像它是不屬於我。我看見了一個胸部平平可是臀部非常翹的身體，腿非常直。當下我覺得好自卑，為什麼自己的屁股這麼大？為什麼我的屁股跟一般同年齡的小朋友不一樣，為什麼不是扁扁平平小小的？當然我也像許多小朋友一樣，隔天睡醒就忘了這回事

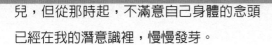

兒，但從那時起，不滿意自己身體的念頭
已經在我的潛意識裡，慢慢發芽。

五年級下學期移民到了美國，與舅
舅、舅媽同住。
大概是生活裡沒有什麼值得聊的
話題，有很多次，舅媽都會盯
著我的腿讚嘆說：「Taffi
啊，妳的腿好漂亮，好直，
又修長，將來一定可以
去選華埠小姐！」
我聽了並不
以為意，反
正我也從來
沒有擔心過腿的粗
細，只覺得，舅媽幹麼
那麼大驚小怪，我的腿生下來就是這個樣子，以後也會是這個樣子。
但是耳濡目染之下，有一次我也無聊地回問舅媽：「舅媽，那我以後
會不會變胖？」舅媽先是看著我，然後斬釘截鐵地說：「你不可能變
胖的，以舅媽多年的經驗來看，你是屬於怎麼吃都不會發胖型的女
生！」

我只能說，在短短的一年之內，我便不知不覺砸了舅媽的鐵招牌！

在美國高脂、高糖、高鹽、高澱粉的飲食習慣下，再怎麼不會胖的人也很難與肥胖抗戰成功。

這就是我還沒搬回台灣前，對自己身材的認知，基本上，並沒有概念。雖然常常在雜誌上看到超級模特兒修長均勻的雙腿與翹翹的臀部，可是她們距離我好遙遠，我也從來沒有羨慕過她們，更別說想要成為她們。然而這一切都在回台灣後改觀。

Chapter 2

剛回台灣陷入減肥文化衝擊

雖然家人

都定居美國，但對於台灣我總有一份特別的歸屬感。這份歸屬感也決定了我未來長達兩年的脂肪革命。

剛回到台灣時，我發現只要在公眾場合，有兩個話題一定可以引發大家熱烈討論：減肥與星座。我只能用瘋狂兩字來形容台灣民眾對於這兩件事的執著。尤其是減肥，不一定每個人會為自己的政治立場發表意見，但只要一談到減肥，無論男女，大家搶著問答的程度簡直可以媲美電視節目裡打口水戰的政客。剛回台灣，我非常不能適應不熟的人說我需要減肥。

在美國，批評別人的外表是一件非常沒有教養的事。我的胖瘦干卿何事？更何況，我一點也不覺得自己胖，是台灣女生太瘦了！於是，我不加理會，照樣吃著阿姨每天給我準備的愛心三餐外加消夜，還有中間穿插的點心與水果。反正我還是照樣穿著我的美國SIZE上衣，沒差！

直到有一天，有朋友引薦我認識一位
目前非常「火」的音樂製作人。
那位製作人想要組三個女生
的音樂團體，而他心目中
的樂團女生，希望能帶
一點ABC的感覺。於
是，我欣然赴約。我
從來都不認為自己是
小胖妹，直到那一次
殘酷的試鏡。

在製作人三面鏡子環
繞的高級私人工作室
裡，唱了一段歌之後，製
作人很有禮貌問我：「可不
可以讓我用手量一下你的大腿
圍？」「可以啊！」我回答，反正
旁邊站了那麼多人。我很爽快地把寬
鬆的牛仔褲捲到大腿，捲起的剎那，我聽
到眾人驚叫聲此起彼落，「哇！」「天啊！」「你
臉這麼小，怎麼……」接下來的30秒，製作人很有禮貌
幫我把褲管放下來，然後斬釘截鐵說：「如果你想要明年暑假
出片的話，你現在就必須去抽脂！」什麼！抽脂？我想都沒想過！

55

53

49

46

43

「你現在幾公斤？」製作人又問。
我不好意思地說：「55公斤。」

「嗯，你差不多要瘦到43公斤才算理想」製作人
自信地說。
我的老天爺啊！要我在短期之內瘦12公斤，
光靠運動流汗怎麼來得及，除非是流脂肪。
於是我當下就打消當歌手的念頭，婉拒了
製作人熱情的邀約。

事後我雖然沒有懊悔錯失了與大牌製作人合
作的機會，但是，在我小小的心靈深處，開
始種下對外在失去信心的陰影。第一次真正
感覺到我的外在與事業處在一個生命共同體的
模式內。

還好，山不轉路轉，在一次很偶然的機會下，我認識了
東森YOYO數位台的企畫，她們正在找YOYO ABC英語教學節目
裡的大姊姊主持人。有點類似像是當紅水果家族，但是只在數位電
視台裡教英文。這次我先打聽清楚她們對於主持人的身材有沒有什麼
標準與要求，當我知道兒童節目裡的大姊姊不需要很刻意地節食減肥
時，我決定give it a try！

經過無數次面談、試鏡與等待，我終
於開始人生中第一次面對鏡頭與
面對觀眾。

儘管自己不想去理會體重
的上下起伏，但是當妳
成為幕前工作者時，電
視台裡所有看過妳表演
的工作人員甲乙丙丁
都會跑過來跟你說：
「啊，妳就是新來的大
姊姊啊，怎麼電視上看
起來那麼胖？」，或是：
「妳的眼睛一邊是單眼皮，
一邊是雙眼皮喔！」「妳的眉
毛有一邊看起來比較高喔！」
「妳額頭上的胎毛太雜了……」「妳
的牙齒不太整齊喔，我幫妳介紹牙醫
師！」諸如此類的批評、指教，多得不勝枚
舉，而且我還不能翻臉。

我從一開始抗拒，到沮喪到認命，不管我是多麼不想理會別人對於我

外在的負面評論，卻還是無法抵抗電視會把缺陷放大的事實！這過程中，我問自己，什麼是標準的美？答案真的很SAD，在這個大環境下，多數人認同的美就是美。

在台灣，不管男女老幼皆陷入胸大、身材好，臉蛋、屁股不重要的觀念。對於胸部我的態度是消極的，因為我遺傳到爸爸的胸部，不過藉著這本書，我還是要感謝阿姨不辭勞苦去偷摘某小學校園裡的青木瓜，連續兩個禮拜每天都幫我熬煮青木瓜排骨湯，試圖死馬當活馬醫。我比較介意的是大腿與臀部，而且我始終認為大腿與臀部長期囤積的脂肪總有一天是可以靠著自己的耐心與毅力來殲滅的，畢竟，我也曾經瘦過，

我深信it will happen again if I try!

認清了我想走的方向後，我開始積極尋找方法讓自己瘦到一般標準：

45公斤！

Chapter 3

進入瘋狂減肥期

一個人必須感謝自己的身體，但是如果開始崇拜它，那就被它陷住了
——瑪·布雷姆·普拉迪帕

在長達兩年的時間裡，我每天早上起床第一件事，就是檢查自己的
腿，看看它們有沒有變胖。
如果感覺變胖了、
腫了，我那一整天都
會活在恐懼下，不敢
吃多也不敢喝多。

每次家庭聚會時，大
家叫我吃這吃
那，我都只能
給 大 家 一 個 很
sorry的笑容，然後跟
家人解釋因為我的工
作性質，我的體
重必須維持在一
定的標準。漸漸
地，在大部分的家
庭聚會裡，我開始
成為一個專職陪吃
飯的人。

我到最後甚至都搞不清楚，到底螢幕前是我追求的事業，還是減肥才是我真正的事業！

多運動少吃期

一開始減肥的人都會信心滿滿，認為只要找到對的方法，沒有什麼是困難的。

包括我也是！

剛開始時，我的體重是55公斤。我每天上健身房，跑跑步機，一跑就是一個小時，加上重量訓練的機器，我通常都會在健身房待上一個半小時到兩個小時。盲目地跑了兩個月，我發現，之前大部分鬆鬆的肥肉都不見了，但是，取而代之的是：大腿更粗了。短短的幾個月內，我把肌肉練得很強壯結實，大概跟男人差不多，體重卻沒有很明顯下降，不過我的臉看起來比較小了，但是距離我與哈比supermodel的身材還是有很長的路要走（哈比supermodel是指個子矮小，但身材勻稱、比例好的人）。

運動瘦身不但沒有讓我體重下降，反而讓我的身材粗壯了，於是我重新評估幾種其他的減肥方式。我開始餓自己，剛開始真的滿有效。我一天只吃一個便利商店飯糰，加上一小碗甜不辣，工作吃便當也只吃菜，絕少沾肉類與油炸食物。這樣的吃法讓我在短短一個月內掉3公

斤。負責幫我化妝的造型師也發現我的臉變小了，但是變得沒有血色。

當時的減肥飲食法，造成我日後神經質的飲食習慣。現在我把食物放進口中前都會下意識計算當天已經吃下的卡路里，如果已經超出1200卡，那我就會停止進食。計算卡路里不算是新鮮的減肥方式，但是當計算卡路里已經成為吃東西前潛意識的反射時，那就是obsession了！

在減肥初期，節食給我很大的信心。但是當減肥開始
took over my mind，開始影響我的行為
時，我便開始學會拒絕食物，開始比
較街上的女生，她們的身材與
自己的差異，洗澡時會用
很熱很熱的水，試圖
去「溶化」我的脂
肪（後來才發現自己
真是天真的愚婦）。我
越減越沮喪，因為體重
一直徘徊在52/51kg左右。

是的，我面臨的正是減肥人最
苦惱的瓶頸期！

偏方期

少吃多運動真是健康減肥的不二法門，但是當你誤會它的作法與定義時，後果會比減肥之前更糟。我發現自己顛倒了減肥真理，也就是「先瘦身再塑身」的程序後，我開始尋求「先瘦身」的方法，試圖扭轉之前「先塑身再瘦身」的錯誤路徑。

我的美容老師建議我用精油按摩經絡來提高自己的「能量」，根據他的說法，造成我下半身水腫，主要是因為腎經堵塞，所以可以用「推經絡」的方式來達到消水腫的目的。我剛從美國回來，完全不瞭解他所指的經絡是什麼東西，只是很模糊知道這是中醫的醫理，推經絡的過程並不舒服，跟按摩完全不一樣，而且價位頗高！可是我不管這麼多了，我已經被脂肪蒙蔽了心智，當場錢就掏出來。

在做身體的同時，朋友也介紹我去針灸減肥，一個禮拜針灸三次，配合高蛋白質減肥餐，說穿了就是白水煮雞胸肉、白水煮蛋、完全排除澱粉食物及有

限的水果種類和數量（例如：葡萄一天最多只可以吃20粒）。之後的兩個月內，每逢星期一、三、五便是我最忙的時候，上午安排身體經絡推拿課程，下午安排針灸療程。每一次針灸都必須要親眼目睹自己身上插著十幾根針，醫生的手藝精湛，所以並不會很痛。我永遠都記得我當時對雞肉與水煮蛋產生極大的噁心感，但是我還是咬緊牙根，每天壓抑自己的食慾。

就這樣，一個月後，我終於突破瓶頸，與磅秤上的四開頭的數字產生了微妙的互動。49公斤！這雖然是磅秤上不到1公分的小格子，卻是我減肥奮鬥史上最重要的一刻。雖然最後不確定究竟是針灸、高蛋白質餐，還是經絡推拿，到底是哪一種方式讓我突破瓶頸的？49公斤的滿足感在我身上只維持了兩個星期，因為，我又碰到瓶頸了。這一次，我用了更激進的手段：減肥藥！

49

激進減肥藥期

Chapter 4

我們對於自己的身體只有使用權，沒有所有權。

——一位長輩

東森YOYO　ABC數位教學頻道因為電視台政策關係，被迫中斷節目製作，我的大姊姊工作只維持了一季，便宣告壽終正寢。不當大姊姊之後，我不必每個周末吃著油膩的便當，不用再畫嚇人的電視妝，不再需要憋著鼻孔用尖尖的聲音說：「小朋友，舉起你的雙手，動動你的手指頭！」更不必假裝是老鼠布偶最好的朋友。但是，同時，我也失業了！

剛失業時，每天遊手好閒，開著我的小ㄅㄨㄅㄨ認識台北地形。身為台北模範路癡，我經常走錯路也就算了，偏偏又犯了許多男人常犯的毛病：不肯問路，打死都不肯！我寧可不小心開到鶯歌或貓空，也不願意把車子停下來問路。因此我真的認為我最常去的加油站裡至少有

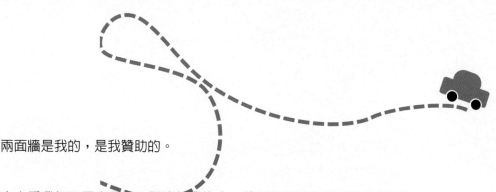

兩面牆是我的，是我贊助的。

家人看我每天晃來晃去，開始替我擔心，積極的阿姨於是想盡辦法透過身邊的所有關係去認識演藝圈的製作人、經紀人，就連他們在電視圈的鄰居也無一倖免！就在一片敲鑼打鼓聲中，我還是悠哉游哉地每天開著小ㄅㄨㄅㄨ東跑跑西晃晃，慢慢在找尋方向，慢慢認識這座城市。

　　後來阿姨找的朋友的製作人、經紀人朋友都用很委婉的口氣告訴阿姨，基本上，我年齡不夠小，身材不夠好，長相不夠甜美，因此連約見都不想見。阿姨用更婉轉的方式轉達我，怕傷我的心，但是這部分我還滿能接受，因為我原本就不認為這些製作人或經紀人會喜歡我這一型的女生。我其實還比較心疼阿姨、叔叔們為我吃閉門羹、被澆冷水，那種感覺一定很糟。

老天關了一扇門，必定會幫我打開另一扇門，莫名其妙地經過朋友輾轉介紹，我開始接觸電視廣告模特兒這個好玩又特殊的行業。

剛開始接觸模特兒這行業，其實是充滿期待的。天真的我以為馬上就可以接到拍得美美的case。事實上接到第一個case已經是三個月後的事了。我想我永遠不會忘記，那支MV，我的螢幕處女作，演配角，飾演從「另外一個世界」來的人。我穿著薄薄類似雨衣的斗篷與另外四位從「另外一個世界」來的女生，在氣溫9度、冷風不斷的八里海

岸，在沙灘上素著臉不停地走來走去。早上四點的通告拍到晚上八點，永遠記得第一份酬勞是新台幣5000元，經紀人抽成，我在三個月後拿到3500元。

接下來的幾支廣告演出的角色都是那種只出現0.078453秒的鏡頭。2004年4月，我終於接了第一支擔任主角的廣告：「KTV包廂升等篇」，內容是一個女生在小包廂唱著歌，唱著唱著就突然被一群服務生抬走，抬到大包廂。我想當時那支廣告之所以熱門，除了我的抓狂演出外，另外的抓奶事件也為廣告增添不少光芒。在大家看過這本書後，應該不難瞭解，當初被抓到的胸部其實是經過三雙襪子的襯托墊底。

因為這支廣告，我的廣告約漸漸變多了，在電視上可以常看到我，雖然叫不出名字。廣告拍久了，我發現自己總是演OL，不然就是演媽媽，反正不是穿著圍裙，就是只讓我露出上半身。沒關係，反正有case接就好了，管那麼多幹麼！我安慰自己。在電視上看到我，感覺比本人還要胖、腫，臉也是平的。後來才發現，這應該就是傳說中的不上相。

最不想提起的一支廣告，奈米銀離子電冰箱，我在裡面演一位電視主播。這支廣告足足在電視上瘋狂播出兩個月之久，醜到很多人沒有辦法認出來那位女主播就是我。臉上的浮腫與不純熟的演技，激起了我要讓自己更camera friendly的鬥志。

我希望自己能夠更瘦一
點，臉再有輪廓一點，於
是我開始到處打聽快速減
肥的方法。在台灣，減肥
資訊比大家製造的垃圾還
要多、還要快。不用多
久，我便決定吃減肥藥來
減重，而且我是採用最傷
身的「雞尾酒減肥藥」。

雞尾酒減肥，顧名思義就
是一次吃很多種不同的
藥，有的減食慾、有些利
尿排水分。每次吃十一顆
大大小小不同的藥丸，一
天三次，一次吃六天。

吃減肥藥第一天，可以明
顯發現自己口乾舌燥、眼
睛乾澀外，還一直上廁
所，心跳加速、沒有食
慾、嘴巴也嚐不出食物的

味道。除此之外，精神狀況也十分恍惚，容易疲倦，臉上更是毫無血色可言。

吃減肥藥讓我三天內快速瘦了兩公斤，這對我是一種鼓勵。可是，鼓勵光臨的同時，我發現自己連爬下床的力氣與精神都沒了，說話時也氣若游絲，彷彿快要死掉。第四天來臨時，我用顫抖的雙手，一手捧著水杯、一手捧著藥丸，我的身體好像在抗議，我的手不聽使喚持續發抖。剎那間我感覺到肚子癢癢的，翻開衣服抓一抓，抓過的地方立刻有痕跡浮腫起來！

這是什麼？害怕的我開始用溫水擦拭肚皮，不擦還好，擦了更癢。

十幾分鐘後，這陣紅腫突然消失了！正當我驚魂未定時，突然，大腿也傳來相同的刺癢感。我手足無措，看著手上的十一顆藥丸，還沒來得及分析這些過敏症狀是不是來自於減肥藥，我不讓自己思考，心一橫，便把藥丸吞進口中。當天晚上，我痛苦地在床上翻來覆去，因為

這一陣一陣的刺癢陰魂不散在身體各個部位輪流出沒，消失、出沒、
消失……我猶豫著要不要去看醫生，因為只
剩兩天就可以把減肥藥吃完了……怎麼
辦？

這個念頭沒有持續多久，當我眼
睛也開始癢時，再怎麼不怕死，
我也暫時打消把藥吃完的念頭。

皮膚科醫師說我得了蕁麻疹，原
因很多，但是其中之一有可能是
藥物過敏。沒錯，包括減肥藥在
內。從此以後，我從減肥藥的
believer變成減肥藥的protester，
每次聽說朋友要試吃減肥藥，我總是
不客氣地告誡她們，如果她們想在三年
後洗腎的話，請自便。

人總是歷經過一場大變後，才會開始對自己的
身體、周遭的環境、身旁的親友有更深一層的
體悟。經過這次雞尾酒減肥藥劫後餘生後，我開
始誠實面對我的身體。當我瞭解身體會因為我不當
的飲食及不當的藥物使用而自動shutdown，我開始覺得

我對不起它，讓它受了那麼多苦。而這全是因為我的口腹之慾與懶惰而產生的。一位長輩曾經對我說：「我們對於自己的身體只有使用權，沒有所有權。」在儒家思想裡，身體髮膚受之父母不敢毀傷，其實指的就是同一件事。其實身體是自己的，對自己的身體負責也是對自己負責。後來我看了一本書《食物是最好的醫藥》，內容是人類應該遠離藥物，利用大自然賦予的能量與食物慢慢修復自己的身體。修復自己的身體是人類奇妙的本能之一，但是it takes time，那需要時間。

減肥沒有捷徑，我歷經艱辛靠減肥藥瘦下3公斤，短短一個月內又自動回到老地方，而且這次更是攜家帶眷；令我shocking的是，原本就發育不良的胸部現在更小了！讓一直想當小公主的我，終於喔喔如願以償地被冠上

「太平公主」的寶號。

Chapter 5

長得很像姊姊的媽媽

就這樣平靜過了一年，

中間大大小小接了20支電視廣告與平面廣告。我發現我在大多數廣告中都是飾演好媽媽，這讓我百思不解。終於在一次拍攝的休息空檔，我與廣告客戶聊天，聊著聊著對方突然瞪著我，然後驚嘆：「啊，你好適合演媽媽！」

雖然瞬間我臉上的表情僵了0.000002秒，但在對方還未察覺我的不爽前，我趕緊著禮貌性附和：「真的嗎？你好會看喔，我真的一直接到演媽媽的case耶！」

對方的判斷得到印證，於是更得意地說：「找你演媽媽的一定大部分是日商公司，因為你的臉和身材看起來根本就是日本漫畫裡『長得很像姊姊的媽媽』那一型的啊！」

變態！！！

從此以後，我開始耿耿於懷自己「長得很像姊姊的媽媽」這件事。但卻又無可奈何，更有人說我是標準的小姐臉蛋、媽媽身材。直到過年前拍了一支水餃的廣告，我飾演一位年輕太太與先生在廚房吵架、摔盤子，摔到最後本想把一鍋剛煮開的水餃直接潑在先生身上，最後先生因為心疼那鍋水餃，急忙放下身段，安撫太太。這支廣告在播出時，引起正負兩極的評價。尤其是媽媽們對這支廣告更是反感，因為它會教壞小朋友。這支廣告突破了我以往的角色形態，更重要的是它讓大家都可以認出我的臉了，雖然還是叫不出我的名字。

有了這一次的鼓勵之後，我開始思索，該如何突破目前的角色瓶頸？

我記得惠玲姊，也就是我的經紀人，她曾經很堅定告訴我，當藝人有兩個大原則一定得遵守，一就是等，二就是減肥！well，減肥已經毋庸置疑成為我生活的重心了。

經過之前各種千奇百怪傷身又無效的減肥偏方，我終於悟到減肥的真諦：少吃多運動。我遵守過了7點不進食，每個星期2～3次的瑜珈，外出時盡量走路，完全放棄油炸食物，少鹽少油少甜食少澱粉質，每天泡澡。儘管再怎麼努力，我還是沒有辦法達到在螢幕前所謂的標準身材，尤其是下半身；我身體上的其他部位已經明顯越來越有線條了，但是我的大腿與臀部所囤積的脂肪還是沒有半點消下去的跡象。我開始詢問身旁的朋友，甚至主動請教健身房教練，為什麼不管我再怎麼運動下半身，大腿與臀部依舊沒有辦法練出緊實有曲線的線條？

有一位好心的健身教練清楚地回答了我的問題：我最苦惱的那塊大腿連屁股的脂肪，俗稱馬鞍帶，它的存在在視覺上會讓屁股與大腿連結在一起，所以給人一種沒屁股沒腿的錯覺。事實上，這塊馬鞍帶是長久坐在椅子上惰性脂肪慢

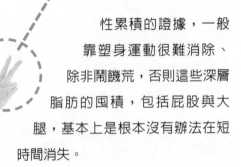

性累積的證據，一般靠塑身運動很難消除、除非鬧饑荒，否則這些深層脂肪的囤積，包括屁股與大腿，基本上是根本沒有辦法在短時間消失。

聽完這些見解，我開始絕望了，因為教練建議我每天都要花至少兩個小時在健身房裡，加上嚴格的飲食控管，應該在一年最多至兩年內這些脂肪就可以消耗掉，但是我的腿有可能變得很粗壯結實。

我開始想像我的脂肪裡全部都是之前吃的漢堡、薯條、炸雞腿、珍珠奶茶、Ben and Jerry冰淇淋、義大利麵。這些我之前種下的業障，光靠我現在的節食與運動絕對是不夠的。突然這時，我腦海裡閃過「抽脂」兩個字，就像霓虹燈的招牌，雖然只快速閃過，但是霓虹的光圈還是隱隱約約停留

在我腦海裡的某個角落。

或許我應該考慮抽脂！

可是抽脂好可怕，聽說抽脂的過程也很噁心！

可是痛一下，打麻醉藥就好啦！

可是有人因為麻醉藥打過量而一命歸西，掛在手術台上！

可是那畢竟是少數，很多人還是照抽不誤啊！

那也有人抽得凹凸不平啊，毀容怎麼辦？

也對，那再想想看好了……

以上是我還沒開始做抽脂調查前、大腦經常且反覆的對話。

我開始問自己很多問題，心理上與生理上的。

但是讓我思索很久的一個問題卻是：

「我是為了什麼而做？」但我從未得到答案。

還沒來得及深入回答這些問題，我就被媽媽的一通電話喚回美國過年了。

美國心，抽脂情

踏入美國家門口的剎那，我才確定自己回家了。在台灣時，我覺得像一片浮萍，沒有依靠，雖然做的是自己喜歡的事情，還有經紀人與阿姨隨時關愛照顧，但是，總覺得少了一份歸屬感與安全感。在異鄉生活了一陣子，我這次回美國看到家人，感觸特別深；尤其是看到媽媽那麼辛苦工作，每天睡眠不足、日夜顛倒，我心裡真的很難過。我開

始問自己：什麼時候才能成功？才能給媽媽一個舒適的晚年？雖然媽媽與繼父兩人賺的錢可以讓他們自己開很好的車子、住很好的房子，但是除此之外，他們並沒有真正的享受生活。財富不是屬於擁有它的人，而是屬於享用它的人。我搜尋從小到大的記憶，好像都沒有看過媽媽和繼父一起出國旅行，他們未曾放鬆度假出國去見世面。

從前總認為媽媽為我付出是天經地義，也從來沒有發自內心去感受她工作的辛苦，更別說要回饋了！媽媽也從來都沒有對我抱怨過她的工作；但是當我這一次清楚地看見她手上布滿新舊傷疤、paper cuts，我的心都碎了。這是我長大後，第一次真實地體驗到「心疼」兩字真正的感覺。慚愧的是，這麼深刻的心疼初體驗卻是發生在我出生後的第25個年頭。

那瞬間，我終於找到讓我苦惱已久的答案了！這時的我像水晶般的清楚明白我到底是為了什麼而抽脂。

我是為了我自己。

我希望我身邊的人都能夠享受到我累積25年的愛與關懷，只有這樣我才能得到真正發自內心的喜悅。

尋找贊助廠商

Chapter 6

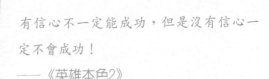

有信心不一定能成功，但是沒有信心一
定不會成功！
——《英雄本色2》

初步認識抽脂 initial research

抽脂的種子在我腦海裡與脂肪層裡開始萌芽了！

我對於抽脂的知識僅止於「很痛」與「有可能會死人」的

初步認知，conducting a research 是勢在必行！

大概是美式思考邏輯的影響，想要做什麼不熟悉的事，

我就會開始明查暗訪找資料、上網、訪問身邊的人。

這種打死都要找到真相的精神叫做research精神。

英文字的RESEARCH可以把他拆成兩個字：RE（重新、

再）和SEARCH（找尋），兩個字拼起來，也就是「再

重新尋找」的意思。既然是重新尋找，意思也就是說

我挖到的資訊有可能是新的、剛出爐熱烘烘的，或者也

可能是過時、已經被淘汰的。

不管是新或舊，research更深一層的意義是把這些新的、

舊的資料全部重新看過、檢視、統合後，讓你瞭解這

件事的具體完整模樣。

我對於抽脂毫無頭緒，開始在網路搜尋引擎打下「抽脂」、

「整型」、「抽脂手術」等字眼，出乎意料地，台灣抽脂的官方學術性

網站並不多，倒是一大堆抽脂整型診所的網站跳了出來。

我毫無頭緒，面對那麼多商業性質網站開始一個一個點閱。

「跟它拚了，反正時間很多。」

半天後，我發現對於抽脂的認知比原本research之前還要更模糊了。

有些診所標榜局部麻醉，有些則是全身麻醉；還有些是傳統濕抽，有些則是超音波濕抽，更有超級超音波；有些醫生建議手術後按摩，有些則不。**難道都沒有一個標準抽脂的規範嗎**？

因為一下子湧入太多資訊，我越看越害怕，完全印證「人因無知而恐懼」這句話！

我想我應該先解決最obvious表面的問題：funding資金吧！

我的想法是先從抽脂的價錢著手，有了這方面的數據，才能夠讓我的金主（媽媽與舅媽）做最理性的投資評估。

於是我開始在網站上找尋這方面的資料，出乎意料，有些整型診所著實價格便宜，抽大腿內外側加上臀部不到6萬台幣。但也有很貴的，以部位計算，一個部位要6萬至8萬，依此類推，抽脂的中等價位大概4萬至6萬台幣。

如果以我想要抽的臀部、大腿內外側加起來三個部位，大約需要12萬至18萬。

WOW，那是很多錢耶！

我習慣性換算成美金！喔，賣尬！要4000到6000美金。向家人借貸，

她們真會借我嗎？我生平最討厭的一件事就是向人要東西。從小到大
媽媽都教我不許拿別人東西，哪怕再熟的叔叔、阿姨們，沒有例外！

我的胡阿姨，她的興趣之一是對陌生人公開我小時候的惡形惡狀：有
一次胡阿姨全家去中部旅遊，問我要不要一塊去，當時我才五、六
歲，最喜歡出去玩了。到達目的地後，我看到一家賣土製玩具的店、
立刻衝進去，誰都攔不了我。

我大開眼界，認為天堂大概就是長這模樣了，一隻手抓一個玩具都還
嫌不夠。阿姨隨後跟上，邊走進來邊罵我不合群，怎麼可以自行脫
隊。當她看見我手上抓的一堆玩具，整個人都傻眼了。
「妹妹，妳不可以買這些玩具。」阿姨怒斥。
「為什麼不行？」我反問，把手上的玩具扣得更緊
「因為我沒有錢，所以老闆說妳不可以買！」阿姨搬出大人騙小朋友
的把戲。
「喔，沒關係，我有！」一說完，我從買洋娃娃時送的透明塑膠小包
包裡掏出一張五百大鈔給阿姨。
阿姨的臉都綠了，嘴裡開始碎碎念我媽媽真是不會教小孩！那個時候

手機還不普遍，否則阿姨一定當場撥電話對媽媽開罵。

我從小到大對於金錢都是習慣性的「不求人」。
但是這個「好習慣」到了長大就變成標準的「薄臉皮」。
不論在美國或台灣，與男性朋友出去吃飯，我很少讓他們幫我付錢，
除非對方與我真的是貧富懸殊。
其實我心裡有時會羨慕那些女性朋友們，在下午茶聚餐後，打電話支
使她們的仰慕者來幫忙買單，更離奇的是，每次買單的男性友人都不
一樣。

唉，果真是金包銀！

找贊助商
我很少跟家人開口要錢，除非是急用。
　　現在找抽脂贊助商不是難事，對我而言如何開口才是高難度。
　　　　抽脂不像隆乳，如果是隆乳，我可以很理直氣壯地要
　　　　我媽媽買單，誰叫她在我發育時不好好照顧我的飲
　　　　　食，十來歲的小朋友怎麼會知道要喝青木瓜燉排
　　　　　骨豐胸？

但是，抽脂實在是因為後天飲食沒有節制，讓肥肉光明正大滋生，所以抽脂的費用怎麼算都算不到親朋好友的頭上。

我必須想辦法說服我的贊助商，讓她們認為她們的投資是正確的。古人說得好，「肥水不落外人田」，我遊說的第一個目標當然是找自己人下手。

「媽媽，妳看這是我以前拍的廣告跟現在的廣告。」我諂媚地拉著媽媽逼她看我在台灣拍的廣告。

「嗯，越到後面臉看起來越上相！」媽媽很專心，邊看邊給意見。

「可是妳怎麼一直演媽媽啊？」被媽媽發現了。

機會來了！MWUAHHAHA

我用著淒涼悲慘的聲音說：「唉，妳都不知道啊！別人都開始叫我新

台灣少婦代言人了」

「為什麼？妳看起來還像小朋友啊？」媽媽不解。

「妳不知道台灣的女生多瘦、屁股有多小嗎？我的身材在台灣算是媽媽身材。」說完，我開始唉聲嘆氣訴苦，說自己被大腿與屁股定型了……自己精湛的演技恐怕會因此而永遠埋沒。

「那妳已經那麼瘦了，再減下去就變骨頭了。」媽媽心疼地說。

「我也不知道，怎麼減肥都減到不該減的地方，運動也沒辦法瘦到該瘦的地方，反而腿越來越粗壯。我問過醫生，醫生說最快最精準的方法是局部抽脂，因為我囤積的都是深層脂肪，除非是鬧饑荒，否則幾乎不可能在短期內讓它們消失」。我劈哩啪啦說了一堆。

「啊？別開玩笑了，抽脂抽不好會死人的！」媽媽驚叫。

「對啊，所以要找好醫生啊！」我馬上回應媽媽的疑慮。

「那抽脂是不是很貴？妳哪來的錢啊？」媽媽開始發現我找她看照片的目的，並沒有那麼單純。

「對啊，那我得找金主啊，妳跟舅媽商量一下啊，我先跟妳們有錢人借啦！」前面精心佈下的圈套，還是在最後一刻讓要錢手法不高明的我提早破功。

之後的一個星期，我動不動就跟媽媽與舅媽唉聲嘆氣，博取同情，順便讓她們知道，抽脂是一項對自己的投資，而不是虛榮心，而且我一定會把錢還給她們的。

終於精誠所至金石為開，在我每天不斷地與她們講解手術風險與對我

生涯規劃的重要性，媽媽與舅媽終於同意了。資金到位後，我開始了另一階段的抽脂research。

開始research

為了要找尋最中立的抽脂資料，我首先想到應該可以上美國衛生署NIH（National Institute of Health）的網站查閱。(http://www.nlm.nih.gov/medlineplus/ency/article/002985.htm) 在裡面，我查到了非常詳盡的抽脂資訊：抽脂的定義，抽脂過程的前、中、後期，抽脂技術的介紹，危險性、多久能恢復等等。看完，我差不多對抽脂有了比較深一層的概念。網站的性質十分中立，所以接下來我的工作是開始瞭解抽脂的每一個步驟。我需要一些抽脂的親身經歷，與建議。感謝網路科技的發達，我現在只要找到美容整型的論壇，就可以閱覽抽脂美女們在網站上發表的自身抽脂經過。

網路上的抽脂世界

網路上一大堆從未謀面的人，在一起討論各自的抽脂心路歷程，卻有更多是像我一樣從未抽脂的人，正在暗處一語不發地偷窺。

剛開始發現這個美容網站時，好開心！覺得自己不用跑很多冤枉路，在這裡，大家都很願意把自己手術前後的經歷用文字一一介紹給需要資訊的人們。有時詳盡專業的解說讓我一讀再讀，讀完不禁要為這些女生們鼓掌，她們的抽脂知識真的好專業。老實說，有多少人扁桃腺發炎後是做足功課才去看醫生的？但是這些抽脂姊妹們真的一個比一個專業，從比較醫生，到價錢，到手術時間、抽脂技術，細微到連打

麻醉時用的麻醉劑
廠牌都一清二
楚。

之後，連續一
個星期，我都
沉迷於這個美容
整型網站，看著整型姊妹
們在整型前後所感受的酸甜苦辣，再對照自己
能不能跟她們一樣有如此大的勇氣去完成這件事。

在一個天氣爽朗的午後，我又登入了這個網站。
既然已經把所有關於抽脂的相關話題都閱覽過
了，今天就看看其他話題吧。我漫無目的亂
逛，看到有很多人討論的話題就點進去看。
沒想到居然發現一個大八卦！有位長期以過來
人姿態出現的整型女生，在過農曆年時，把她的
全家福照片放在網站上，哭訴小孩的爸爸遺棄他們母子
倆。令人難以置信的是，小孩的爸爸，也就是照片中的男人、竟然是
網站上經常被討論的一位整型醫師。再繼續看下去，我發現這個女
生，幾乎每天都「潛水」在這個網站發表文章，幫這位醫生打廣告。

老實說，在初期找尋這些資料時，我常常看到關於這位醫生的討論。

因為討論的人氣超高，對於這位醫生的評價也非常好。我開始心動打電話詢問他的價位及手術相關資訊。令我納悶的是，這位醫生居然可以做到當天去診療當天抽脂。幾天後，我開始在網站上看到一些比較舊的討論，才漸漸看到關於這位醫生的負面評價。

怕死的我，寧可不去冒這個險，最後就把這位醫生從名單上剔除。

撇開醫生的私德不談，在這種討論型的網站找打手替自己廣告就是一件很沒醫德的事。經過這件事後，我開始理性地抱著懷疑態度去審閱每一篇文章。這時才驚覺，這個網站上面充斥著打廣告的假病人，以及更多像我一樣的無知受害者。很多時候，假病人會先把自己的整型經歷非常詳盡地描述出來，等過一陣子，漸漸有人開始詢問後，她就可以充當專家回答問題。這是比較一般的手法。

我看過比較誇張的是一個人分飾四角，在那邊自問自答，還彼此相約去整型。整型後還可以長期待在這個網站裡幫人指點迷津，專業的程度簡直可以領薪水，喔不，她們本來就是領薪水的！

還有一種是網友爆料，某位醫師整死過人、整壞過人，然後在網站裡引起相當熱烈討

論。因手術失敗而引起的案例與資訊，其實可以在中華民國整型外科醫學會www.prsa.org.tw找到。不過這個網站對於一般民眾，十分空洞，缺乏教育社會大眾整型美容知識的內容。

於是，我又再一次迷失方向，我該不該相信之前蒐集的資料呢？我現在對網路產生極大的不信任感，我又該去哪裡找好的醫生呢？

與醫生面對面：做理性的判斷

訪問、interview都是research精神之一。我匆匆告別媽媽，回台灣後，即刻展開一個星期的密集醫師諮詢。經過四處打聽，我選擇了五家診所。有的是網友介紹，有的是網路上看到醫生發表的文章，有的單純是因為醫師目前任職大醫院，有的則是朋友介紹。

我諮詢的第一家診所位於台北市區，高檔的裝潢、精品的擺設讓我的錢包一進去就進入備戰狀態。這位醫師在整型界頗有名氣，因為拜讀了他在許多媒體上發表有關於抽脂的文章，可以算是「慕名而來」。預約時間是晚上八點，卻因為醫師手術時間延誤，等到快十點半才終於見到醫師。醫師看到我，微帶歉意地說：「讓妳等這麼久，等一下我請護士小姐把掛號費退給妳。」當場省了一張五百大鈔，我馬上對這位醫師起了好感。醫師全身上下穿著鮮綠色手術衣，看起來很像綠色小精靈（elf）。

醫師開始說話：「今天好忙，我到現在都還沒吃飯！」
我完全沒料到醫師會突然冒出這一句話

「妳想做什麼？」醫生接著問。

「我要抽脂，我要抽屁股。」我立刻回答。

醫師說：「好，那請妳站起來背對我，我看一下妳的體型。對了，妳是不是從國外回來的？」

我連忙站起來，屁股對著醫師，雖然這是必要動作，但還是有點小小的尷尬：「嗯！對，我以前住過美國。」

「以國外回來的人來說，妳的大腿與臀部能保養得這樣，算是不錯了。」醫生若無其事地說。我可以瞭解醫師為什麼這麼說，因為住在我家鎮上的美國人，大部分都很胖，是那種一個屁股有八個頭那麼大的肥胖級數。

醫生看完後問我，我最介意什麼，他可以更詳盡地解說。

「麻醉，與超音波抽脂，以及傳統式抽脂。」我回答。

於是他開始把麻醉的過程、麻醉的危險性數據一一解說。這位醫師是採用全身麻醉，有合格的麻醉師幫忙注射麻醉劑。

我又問：「那局部麻醉呢？」

醫生立刻提高分貝說：「唉啊！

現在很少人在用局部麻醉了啦，我都是用全
身麻醉。還有喔，我們的麻醉師很帥喔！」
有點答非所問，局部麻醉和麻醉師的長相
有什麼關係？

「那關於超音波式抽脂，在這方面可以
說台北沒有幾個人做得比我好。」醫生
非常有自信地說：「基本上，超音波
抽脂是把體內的脂肪震碎後、用抽脂
管吸出體外，這比一般傳統式『濕抽』
抽法更可以均勻地抽出體外，傳統
式的抽法已經過時很久了，造成的
出血量較多，容易抽不均勻的原因
是抽脂時沒有把脂肪震碎，所以如
果管子抽出來一條脂肪，那妳的皮膚內就會
有一條抽過的空隙。」醫師詳盡解說。
剎那間，我覺得這個醫生好棒喔！講解得那麼仔細。醫生看我沒有繼
續問問題就說如果可以的話，可以去另一個房間檢視需要抽脂的部
位，來進行評估。

護士小姐帶我到了另外一間房間，請我先把衣服除下。除下衣物後，
護士小姐便出去請醫生，留下衣不蔽體的我，狼狽又尷尬一個人在等
候室。幾分鐘之後，醫生與護士小姐同時進房，醫生一看到我的大腿

與屁股，第一個反應是：「哇！妳滿嚴重的耶。」

為了掩飾我的尷尬，我若無其事地說：「對啊，所以醫師辛苦你了！」

「嗯，妳很適合抽脂，請把上衣再撩上來一點。」我照做了。

「OK，妳需要的是大腿360度環抽，加上臀部上下處，我建議妳把腰部與後背一起抽了。」

我的老天爺！我本來只想抽一個大腿與屁股連接的區塊，怎麼突然變成胸部以下都得抽？我錯愕得說不出話來。

既來之則安之，我乾脆順便請醫生評估一下隆乳好了。

醫生於是觀察了我的胸型，說了一句：「妳這個不好做，要做也沒有辦法到有乳溝。妳的胸部組織太少了，塞水球進去會看到水球的邊緣，所以做了也不會好看。」

好在我也不是很在意胸部大小，醫生這番話讓我當場省下十來萬。穿好衣服，回到醫師辦公室時，醫生開始播放抽脂手術過程的幻燈片。

幻燈片播放著醫生的得意案例，真的讓我有種把全部家當都交給醫生的衝動。瞧！女人錢真的很好賺！

看完幻燈片後，醫師看著我的臉，然後說：「我可不可以給妳幾個建

議？」

我一聽還有方法可以讓自己更美，馬上豎起了耳朵。

「妳的雙頰與太陽穴有點下凹，在美學上是有那麼點遺憾，我可以幫妳用自體脂肪注射在臉部，讓妳的臉看起來更飽滿、更立體。」

臉部自體脂肪注射？這我還第一次聽到，我沒有做這方面調查，一下子不知道要說些什麼。醫師很自信繼續說下去，邊說還邊用手調整我的臉型：「妳實在應該感謝妳爸媽把妳生得不錯，如果再完美一點就好了。如果妳要來這邊做，我會送妳兩針肉毒桿菌，幫妳提眉，讓妳的眼睛更有神。」

醫師陶醉的神情讓我也開始幻想自己更完美的臉蛋，當下又有把錢全部掏出來的衝動。

這時我發現，男人有性衝動，女人有美衝動。

為了把自己拉回理智世界，我開始詢問醫師價錢。

「抽大腿與屁股環抽是15萬，如果妳要後背與腰一起抽，再加2萬；手臂的部分一次是8萬，如果妳這次一起抽，算妳4萬。臉部脂肪注射是5萬，全部一起做，加送妳肉毒桿菌，等等妳可以問護士小姐住院一晚及束身衣的價錢。」醫師說完後，我同時注意到醫師桌面上「請勿

與醫師議價」的牌子。

這時，我的腦袋突然被好幾個「萬」字嚇到喪失計算能力，另一方面，我已經開始盤算得找誰去借錢了。醫師的年輕自信讓我深深以為自己可以很放心把身體交給他。可是價位簡直是整型界裡的Louis Vuitton。我用可憐的表情說：「醫生，好貴喔，怎麼辦？」醫生馬上回答：「不會啦！妳讀的那所學校是有錢人的學校，怎麼可能付不起？」我馬上打蛇隨棍上：「就是因為付不起，所以現在休學回台灣找工作啊！」

醫生才不吃我這一套呢！

最後我只好帶著複雜的心情、出了這家整型界的精品診所。

自從那次諮詢後，我連睡覺作夢都會夢到那位醫師幫我做手術。我中毒了！我甚至不想去與其他醫師諮詢。就這樣，過了幾天，連我的仰慕者都看不下去。他看我這麼煩惱，就問我當天諮詢經過，於是我一五一十地描述。講到臉部注射與肉毒桿菌時，他突然打斷我，他說：「妳……肉毒桿菌打完後，是不是幾個月後還要回去重新注射？之後每隔幾個月都得回去注射……」

他突如其來的這句話，讓我楞了一下，接著，我好久不見的理智突然就跳回來了。我開始思考，肉毒桿菌第一次免費，可是如果打了第一次，我可能就一輩子都停不下來了。我明明只要

抽屁股與臀部啊，如果這次一起加手臂與腰背，那麼可能比分開做還省不少錢；如果我這次順便做臉部抽脂，也會比較便宜，因為是直接用我抽脂出來的脂肪做。電光石火間，我看清楚了這家診所是如何在這麼黃金的地段，做這麼高級的裝潢……羊毛出在羊身上啊。

這種買第一件原價、第二件打五折的行銷手法居然也可以運用在整型美容界。這種行銷手法是針對大眾（尤其是愛美女性）的貪念而生的。醫師技術感覺上很高超，但是我荷包裡真的沒有那麼多budget，再去諮詢其他醫生吧。感謝我的愛慕者及時將我拉回現實面，否則我到現在可能都還在還債。

大醫院冒險記
詢問很多人的結果，我發現應該也去大醫院諮詢。大醫院除了設備齊全外，萬一有突發狀況也有急救設備隨侍在側。
這家大醫院是朋友介紹的，因為不在台北市區內，需要專門坐醫院的交通車來回市區，單趟需要30到40分鐘才能抵達。我起了一大早，懷著忐忑不安的心情去搭交通車。長這麼大，從來沒有獨自一人去大醫院，我會不會迷路啊？沒關係，路是長在嘴上的，我一定可以問出來！

交通車終於到達目的地！車尚未完全停妥，就看見滿車的人已經全部站立搶著要下車。我奇怪地看著因為車子還在搖晃而重

心不穩的人們，「有這麼緊張嗎？」走出車門的那一剎那，我突然覺得自己好渺小，我感覺這家醫院比機場還要大。看著身邊奔走的人群，我的腳步也莫名地加快許多。從來沒在大醫院裡掛過號，經過一番折騰，終於問到整型美容科所在地。不愧是美容整型科，連裝潢都比其他部門要豪華，護士小姐請我到一間等候室等醫生，因為醫生剛好出去巡房。茶几上的書報讓我可以邊看邊等，但是當我翻到第五本雜誌時，才發現已經等了快一個小時，怎麼醫生還沒進來？我走出候診室、詢問護士小姐。護士小姐才又打電話催促醫生。

等半天，終於看到一位禿頭老男子緩緩走進來。我被請到醫師辦公室內，他緩慢地說：「妳想做什麼？」完全都沒有為遲到道歉。

「我想抽脂。」我回答。

「喔，想抽哪裡？」醫生緩慢地問道。

「我想抽大腿與屁股！」我回答。

「喔，那妳有什麼問題？」平板的聲調讓我開始懷疑他到底喜不喜歡這份工作。

「我想知道你們是用超音波抽脂，還是傳統式抽脂。」我回答。

「喔，我是用濕抽，超音波抽脂不太好用，而且它算是新技術，所以目前都還不知道會帶給身體什麼樣的副作用。」醫生回答。

「可是醫生，超音波技術是在1987年時開始被使用，算一算也應該快20年了吧！如果有副作用，應該也會有這方面的文獻啊！」我很納悶，馬上反問。

「喔，妳知道得滿清楚的嘛，連年分都知道！」醫生帶點意外地說，可是聲音還是不帶任何感情。

醫生說完就突然瞪著我身後的牆壁，大約有20秒吧。我看著醫生，醫生看著我身後的牆壁。終於，我也忍不住了，我大幅度轉身看醫生到底在看什麼。我一轉身發現身後什麼都沒有，空蕩蕩的白色的牆壁上只掛著一只時鐘。

「啊，12點半了，我還沒吃飯。」醫生突然冒出這句話來。

我開始生氣了。遲到就算了，至少醫術應該要好一點，醫術不精也就罷了，至少也可以裝一下啊！我馬上起身，聲音禮貌又冷酷地說：「那不打擾你用餐時間了，醫生，謝謝你的諮詢，再見。」說完立刻轉身離開。

諮詢全程大概只有4分鐘，不包括他瞪著時鐘的30秒。令我更氣憤的是，這麼糟的諮詢居然也要250元的掛號費。若不是為了要維持本書的中立性，我應該把他的名字、地址、長相、條碼頭的分線都全部公開。250元可以讓我買一本有關抽脂美容的書，都可能比這位醫師的諮詢來得有內容！

於是，我氣嘟嘟又搭著車搖搖晃晃回到台北。
氣歸氣，我也說服自己至少現在知道極好與極爛的標準在哪了。目前諮詢的兩位醫師一個話超多、一位話超少，看來我還得多諮詢幾家囉。

回來台灣後，遇到了許多思想上與文化上的衝擊。
在這些衝擊之下，我竟然看清楚很多台灣人的驕傲與悲哀。驕傲的是，我們是一群絕頂聰明的人；悲哀的是，我們那麼聰明但是大部分的人卻一輩子在做自己不喜歡做的事。台灣的教育制度，很像是相親制度，經常把天生的藝術家、農業家、考古學家送去當醫生或是律師，只因為這些行業賺的錢比較多，社會地位也比較高。大家上一次感冒去看醫生時，記得那位醫生花多久的時間幫妳看診嗎？他為妳講解妳的病情嗎？他告訴妳妳吃的是什麼藥嗎？藥的成分有哪些嗎？

　　台灣大部分的醫生把他們的工作當成養家餬口的差事，對於救人反而沒有什麼熱忱。其實，不管做什麼，都要做自己喜歡的事，才會有熱忱，才能從中得到發自內心的滿足。其實那種心靈上的滿足，才是大家需要追求的。那種滿足感是30個LV包包都換不來的。

　　走路回家的路上，我經過一家招牌與裝潢都很時尚的整型外科。看看時間還早，我乾脆進去看一下、碰碰運氣吧！繳了300元掛號費，護士小姐請我進更衣室，除掉身上的衣服。我就照做了，這時我已經被訓練成在陌生人面前脫衣服都可以怡然自得了。

　　護士小姐看了我的臀腿部就對我說：「腿的部分大概是6萬，屁股的部分大概6萬，如果妳要抽大腿內側那大概是要加2萬、我們是採取全身麻醉，手術後我們會送妳2堂按摩課程，這樣一共大概是14萬。」
小姐說了一大堆，說完後問我有沒有其他問題。

「有，等一下醫生會跟我諮詢嗎？」我問。

「會的，醫師現在大概是還在忙，一會兒就會好！」

「那為什麼剛剛脫衣服檢查部位時醫師不在場？」我提出心裡的大疑
　問。

　　「喔，等等妳如果還想要給醫師看，也可以再脫。」她居然
　　這樣回答。

　　　　「什麼？妳的意思是說，醫生他在諮詢時
　　　　不會主動來檢視病人的手術部位嗎？」
　　　　我疑惑了。

　　護士小姐還是老話一句：「可以啊，妳等一下還可以脫
　　啊！」

　　　看來我是雞同鴨講。她給我的感覺，好像是脫與不
　　脫醫生都不是很在乎。

　　　我又問她：「那手術部分，妳們是採取超音波
　　　還是傳統濕抽？」

　　　　「嗯，大概是，超音波吧！」她回答。

　　　　　　大概是！大概是！我一直聽到
　　　　　她說大概是！

　　　　我等了也差不多半小時，看到
　　　這家診所用這麼不專業的護士來提供病人

58

諮詢以節省醫師的時間，我實在看不下去了，把桌
上的花茶喝完就走了。
後來才在網路上發現這家診所曾因麻醉過失導致
病人死亡。難怪門面那麼豪華，因
為要掩蓋內部真實的骯髒。

剩下名單上的最後一家，也在市
區，是朋友聽朋友的朋友說這家醫院的
醫術很好，醫生年輕而且細心。但是價格不
清楚，要等諮詢了才知道。

準時到達診所、護士小姐收了200元掛號費後，立刻請我
去廁所換衣服。診所的裝潢與燈光十分典雅、舒適，沒有財
大氣粗的精品店感覺，一切都十分自然。護士拿了一件病人手
術袍子給我換上，又讓我換上免洗拖鞋，再給我一件大毛巾蓋
著肩膀。我客氣地說：「不用了，穿著袍子就夠了。」但是那些熱心
的護士小姐們一直堅持怕我著涼。好吧！應觀眾要求，於是我就邊流
汗邊披著厚厚的大毛巾在身上。

披著大毛巾，穿著免洗拖鞋在燈光柔和的大廳內等候醫生接見。過了
十五分鐘（最快的一次），護士小姐帶我進入醫生辦公室。

醫生真的是滿年輕的，人很穩重，問我想做什麼部位後，就請我面對

著大鏡子，把袍子拉到腰部以上。醫生觀察
了我的腿型及臀型後，就用手掌很輕地把
我凸出來的脂肪往內推，邊推邊說：「這
邊的脂肪在手術後會是這個樣子，效果會
非常好。」醫生對每個部位手術後會是什
麼樣子一一說明，聲調沒有多少的喜怒哀
樂，但是感覺很實在。「還有其他部位
嗎？」他問道。

「有，我想把手臂也順便抽一下。」我回
答。
「好，那我們來看一下！」醫生說，「手臂這邊
脂肪不多，但是要抽也OK。手臂抽完後，從後面看
效果會很好，可是如果妳把手臂往上抬做成十字
架型，效果反而不會很明顯。」我看著自
己粗粗的手臂，心裡想，跟它拼了！

之後我又問醫生腰部與下背部是否可以順便
抽，醫生看一看說：「那些部位是有脂肪囤
積，但是目前沒有那麼明顯，等累積多一點
時，再一起抽吧！」他把抽脂說得好像跟修指
甲、洗頭髮一樣輕鬆！

醫生之後又問我想要用局
部麻醉還是全身麻醉。我
反問他有何建議？

「全身麻醉會比局部麻
醉多1萬塊，是由外聘
的合格麻醉師進行麻
醉，手術時間會比局部
麻醉還要少兩個小時。

全身麻醉比局部麻醉還
要有風險，但是風險非常
小；局部麻醉是一個部位一
個部位打入麻藥混合的食鹽
水，打完後再拿抽脂管抽出脂
肪，比較耗時、耗力，而且過程也
會比較不舒服，因為手術是在清醒狀態
下進行，但是我比較建議妳用局部麻醉。」

我當下聽了頗感動，一般我詢問過的醫生都不喜歡做
局部麻醉，可是這位醫生卻願意而且建議我用局部麻醉，真的很不一
樣。

我又問了超音波抽脂與傳統抽脂的老問題。醫生是採用超音波抽脂
機，而且他用的抽脂管子口徑非常小，傷口復原後幾乎看不出來。我
問醫生抽脂的成功與否與醫生的美感有密切關係？醫生馬上回答：

「不！是跟技術有很大的關係。」

喔！這位醫生實在顛覆了我之前對抽脂的一些觀念。
看著我疑惑的表情，醫生進一步解釋抽脂的手術過程，
包括如何打麻醉針、麻醉針會打在什麼部位、抽脂時
的洞口會開在哪一個部位等等。諮詢快近尾聲，醫
生幫我估價，抽4個部位，分別是大腿內外側、臀
部及手臂，一共是12萬。

好多information，我得回家好好地思考。
諮詢完畢，護士小姐問我要不要預約抽脂時
間，我說給我一點時間考慮。護士小姐和氣微
笑說：「好啊！沒問題，有什麼問題再打給我們
吧！」完全沒有讓我感覺到壓力！

DECISION！DECISION！

回到家後，開始讓大腦交叉比對我所有諮詢過的醫生，他們
的談話內容、他們給我的感覺、診所給我的感覺、護士小姐給
我的感覺，還有最重要的：自己的直覺。

我選了最後一位醫師，理由很簡單：第一，他用自己的名字做招
牌，而且沒有打廣告。第二，在他的諮詢過程中，他講解也模擬

了不同的麻醉方式，他尊重病
人，並且讓病人有選擇的權力。
我認為整個抽脂過程中，病人其
實是很逆來順受的，當妳在手術台
上，妳是完全沒有自主權的。讓我能
夠清楚地瞭解手術的過程，並選擇手術
的方式，對我來說是意義重大的。第三，
診所給我的感覺及護士給我的感覺，雖然醫
生沒有強調他對於美的認知，但是，我可以從
診所的裝潢與護士小姐的態度；感覺出他有一
定程度的審美觀與制度。這點讓我放心許
多。第四，醫生看起來身體狀況良好，在我
瞭解手術過程後，我才曉得原來抽脂是
一項很耗體力的手術，醫生最好是身
強力壯技術好。

大腦交叉比對的結果促成這個
決定。
而且我也很相信這位醫生
會做得很好，因為相信自
己的判斷力。
我豁然開朗，開始期待手
術日的來臨！

Night before the surgery

現在的感覺很奇妙，已經是3月8日深夜11點了，距離手術時間隔日早晨8點30分，還有9個半小時。我的內心開始緊張，可是我的理智告訴我「everything is going to be alright」。其實說不怕是假的，幾天前還考慮要不要跟醫生說我計畫寫一本書的事，看他會不會幫我做得比較好。可是，如果我這麼做，便有失本書的公平報導立場，所以我一定要hold住，不能說，千萬不能鬆口！同時更重要的是，如果這時跟醫生說寫書的事，他有可能會幫我做得特別仔細，但是這對我之前做的功課、我的判斷力養成，都變成一種變相的反諷，I won't let that to happen!我相信自己！我決定要當個普通的抽脂病人。

今天去了誠品一趟，跟惠玲姊與小佩溝通這本書的idea，以調整書的方向。一開始我以為惠玲姊想要的是一種夢幻天真少女的感覺，我自己大部分時候都滿像小孩子，但是當我必須用很成熟的角度看事情

時，卻又會理智到自己都不敢承認我其實也有天真的
一面。

我真不敢相信我要去做了。
有時候想想自己為了什麼而做？
為健康嗎？不見得。
為了別人看我的角度嗎？其實只有表面上是。
為了證明一些事情嗎？ YES AND NO。
為了幫助一些不做功課的女生做的嗎？YES。
但是bottomline is：
我是為了想要出名而做的。我的想法是等大家都熟
悉我，我才可以幫更多的人，現在想傳達一些理念畢
竟是心有餘而力不足。
我很真實，真實到我最原始的動機都沒辦法修飾成含蓄的

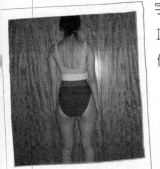

字眼，我想這就是「太妃頭精神」吧！
I'm not afraid to be Me.
做自己，不要懼怕別人的目光！

為自己！

The day!

早上7點（before the surgery）。

昨晚睡得不安穩，不是因為緊張，而是被家中的蚊子調戲。

到半夜3點半時，終於受不了了，跑進浴室拿茶樹精油擦蚊子叮的傷口，順便檢視臉上癢到不行的紅點。

喔，神聖的牛（Holy Cow）！我看到一個長得像自己的菠蘿麵包。

「跟它拚了，反正手術後也美不到哪裡去，要醜就醜到極致吧！」我抱著先破壞再重建的心情，試圖安撫鏡子裡那張驚惶失措的菠蘿麵包臉。

蚊子的攻擊讓我暫時忘了抽脂這檔事。

還有1個半小時手術就要開始了，現在的心情很平靜，好像等會兒要去做的是一件自己很熟悉的事。

我看到一個長得像自己的菠蘿麵包。

66

換上手術袍後，我很三八地對著鏡子露出自信一笑

手術後

現在是晚上11點半，看著兩條浮腫的大腿，我在心裡想著如何讓它在最快時間內消腫。anyway，先來記錄一下抽脂的心路歷程吧！

早上8點半，我準時到達診所。

先和護士小姐諮詢，再次確認手術時間、手術過程，然後閒話家常。接著就由護士小姐帶領去廁所更換手術袍。診所設計得十分明亮舒適，廁所也不例外。換上手術袍後，我很三八地對著鏡子露出自信一笑，我假想抽脂手術是一塊小蛋糕 (piece of cake)，在長期的research準備下，我認為不管是心理與生理都ready了！自信地走出有品味的廁所，接下來就是付錢的時候了。看到護士小姐專注地數著厚厚一疊紫色千元大鈔，我即刻聯想起自己的屁股在手術後瘀青的顏色，以及我一條腿的價錢至少是6萬元起跳。

早晨9點，ok，可以開始打麻醉了

在麻醉室裡，我拜託友善的護士小姐在藍色佈景前幫我拍照，這跟以往去廣告試鏡大不相同，因為全身赤裸，加上醫生親手畫上的奇特脂肪分佈

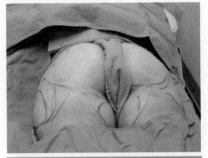

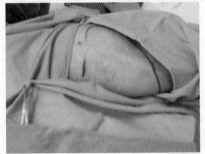

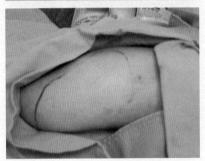

醫生親手畫上的奇特脂肪分佈黑色圈圈記號

黑色圈圈記號．，當我還在思考應不應該對著鏡頭微笑時，護士小姐已經拍完了。

接下來，是我一輩子都沒有辦法忘掉的地獄之旅。

首先我躺在一張類似女生做臉部或身體保養的美容床上。我有定期保養，所以看到這種床反而覺得親切。接下來，我平趴在床上，護士小姐開始用手術布一層層地把我蓋起來，因為是局部麻醉，只需要露出要抽脂的部位。然後護士小姐溫柔地跟我說：「現在要消毒喔，會有點冷喔！」

可能因為抽脂部位的面積太大了，所以她們花了一會兒才擦拭完消毒藥水。在這同時，我悠閒地翻著八卦雜誌，看看最近發生什麼新鮮事。然後護士小姐又用輕柔的語氣說：「現在要打麻藥囉，頭幾針會有點痛，要忍一下喔！」一向覺得自己很能忍痛，我當然滿口：「ok！ok！」

之後我只記得第一針下去，我全身毛細孔突然強力緊縮，整個人的頭皮都開始發麻，小腿發

軟。我的兩隻手掌緊抓床單，大口大口吸氣，之後轉為急促呼吸。護士小姐說，頭幾針比較痛，之後麻藥散開就會比較不痛了。

可能每個人對於痛的定義與感受力都不同吧，我覺得每一針下去都比前一針痛，我前30分鐘都拚命忍著，可是當我聽到護士小姐說：「我們快打完一半了！」，我再也忍不住了，我開始掉眼淚，因為真的好痛好痛。

局部麻醉會先在手術前將食鹽水混合上麻醉劑打入皮膚內，事後我才知道她們一共打了3500CC的食鹽水（將近6瓶礦泉水）到我的脂肪層裡。想像一下用食鹽水來分離你的肉與皮膚的感覺。我從剛開始的啜泣到嚎啕大哭，我開始覺得我為什麼要自找罪受？之前不是好好的……這時，我突然好想念媽媽，好想媽媽在身邊！

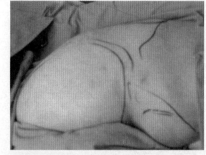

奇妙的是當這個念頭產生時，我的疼痛突然變得沒有那麼痛了（但是還是讓我倒抽了口氣）。當她們打到接近尾椎部位，我連叫媽媽都沒用了，那種針插入強烈收縮的肌肉裡的

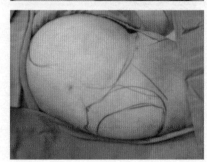

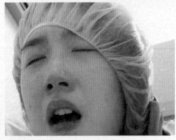

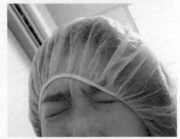

我從剛開始的啜泣到嚎啕大哭，我開始覺得我為什麼要自找罪受？

疼痛感，使我開始劇烈地邊哭邊大口呼吸，護士小姐馬上告訴我，不要這麼哭，會有危險、會休克……怕死的我，雖然痛徹心肺，卻也半強迫式地放慢了呼吸，護士小姐也暫時停下打針的動作。一開始我以為只要打幾針就了事，後來算算，我應該挨了40～50針。終於在11點左右打針動作結束了。

11點半，手術正式開始！

醫生進房了，問我還好吧，我虛弱又自以為幽默地回答：「我還活著！」醫生也不多說廢話，開始檢驗

我的麻醉打得夠不夠多，東按按、西按按後，就吩咐護士小姐們要注意的事項。

其實那時我已經聲嘶力竭了，我好累好累，但卻不能錯過重頭戲。接下來，我聽到「轟」的一聲，有點類似冷氣機打開的聲音，原來是超音波抽脂機開始運作了。然後我的皮膚有被東西戳進去的感覺，但是不痛，當我聽到「咕嚕咕嚕」的水聲，才知道醫生已經開始抽脂了。

抽脂的感覺很特別，好像有人拿著迷你吸塵器在肌肉上來回抽送。這並不可怕，但需要時間去適應。有時候還會聽到「噗唧」聲，好像是一塊大脂肪被吸走了。有時候管子會發出像喝完珍珠奶茶，拚命要吸走最後2、3顆的聲音。

因為麻醉已經開始生效，所以我也不怎麼痛了。當翻身成正面時，我覺得自己好像一隻剛被屠宰場處理好的豬，全身水腫，紅藥水肆意地在身體每一處揮灑。手術進行到中午1點半，我知道我的手術耽誤了其他病人的手術，很多病人都得重新與醫生

看著面前滿滿的一罐脂肪，我當下只有一個念頭「好油！」同時也是「好貴的油！」

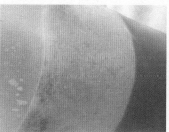
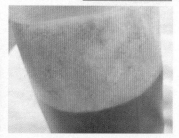

71

排schedule。我看著醫生滿額頭汗，半開玩笑抱歉地說：「醫生，你做我會不會虧本？」大概是太專注了，醫生「啊！」了一聲之後也沒多加理會。

大概是局部麻醉的關係，手術完成時我的精神變得很好，護士小姐囑咐我要休息一會兒，可是我卻起身活蹦亂跳，一下問護士小姐剛剛用什麼管子抽脂，一下吵著要看著被抽出來的脂肪。

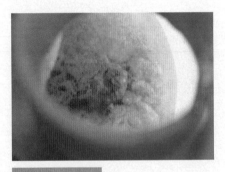

我起身活蹦亂跳，一下問護士小姐剛剛用什麼管子抽脂，一下吵著要看被抽出來的脂肪。

看著面前滿滿的一罐脂肪，我當下只有一個念頭：「好油！」

離開診所前，護士小姐又叮嚀我手術後的頭兩天不能洗澡，要每天換紗布，傷口痛才能吃止痛藥，要定時吃消炎藥；除此之外還囑咐我趕快回家換紗布，或者也可以用衛生棉代替紗布。因為我的身體裡面還有幾千CC的食鹽水，部分會由傷口排出，其他則由身體吸收排出。所以頭幾個禮拜的水腫與浮腫是可預期的。手術完成後，小佩來接我，陪我慢慢走回家。我的傷口不斷噴出生理食鹽血水，我邊走邊噴血，不一會兒，先前護士小姐幫我換的紗布都濕透了。還好當天穿了一件長過膝蓋的黑色外套，就算血崩也暫時看不出來。

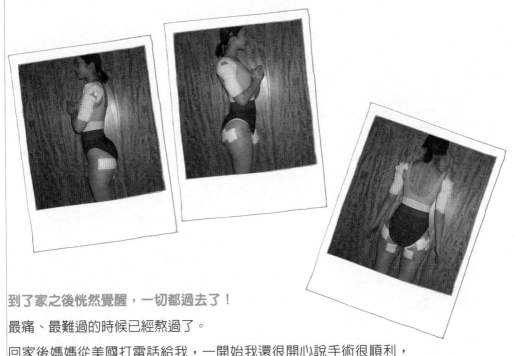

到了家之後恍然覺醒，一切都過去了！

最痛、最難過的時候已經熬過了。

回家後媽媽從美國打電話給我，一開始我還很開心說手術很順利，

目前也不怎麼疼，因為麻藥還沒退的關係。但是當我開始描述打麻醉

食鹽水的過程時，就開始崩潰了，我啜泣，因為突然感覺好委屈，受

了好多從小到大都沒受過的皮肉苦。那最難挨的兩個小時，的確在我

生命裡畫下了一個深刻的記號。

後來只要講到打麻醉的過程，我

就會不由自主地開始哭泣。

讓這個印記永遠提醒我，要愛自

己的身體！

P.S.回到家又被蚊子攻擊，但是牠們可沒料到，牠

們吸的是麻醉藥及生理食鹽水的混合液體 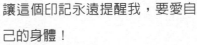 Muahahahaha......

Day after the surgery
血染的風采！

早上10點，被一陣強烈尿意驚醒，蹣跚起床，再用蹣跚小碎步一步一步艱辛地走到廁所。現在我完全可以體會行動不便的老人，他們每天所面臨的大小便問題。我的臀部與大腿貼著五花八門的紗布和衛生棉，樣子之怪，到現在都還沒找到適當的形容詞。

我要如何脫下內褲？傷口的麻藥已經完全退了，大腿的瘀青與浮腫比昨天更明顯，脫內褲的動作一定會碰觸到傷口，會很痛！禁不住我那size比豌豆還小的膀胱的收縮，我毅然決然地拿起身邊的剪刀，喀喳！我將內褲一刀剪斷。接著吃力地扶著馬桶邊緣，撐起我的屁股，這過程中我還得很小心地控管「流程」。

小心翼翼尿畢，我慢慢走回房間。本來想繼續

有人照顧了，摸摸自己腿上的瘀青，好像也沒有那麼痛了！

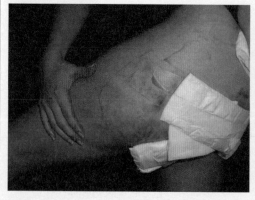
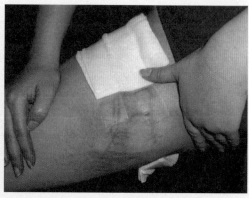

睡回籠覺，但是一回到床邊就打消了這個念頭，我看見一大片圓弧形的血紅色滲透了我昨晚睡前才鋪好的毛巾，滲透了我的床單，滲透了我的床墊，連被子都無法倖免。我第一個念頭是God damn it！怎麼月經會在這個時候湊熱鬧上演「血染的風采」。但是念頭很快就被推翻了，我意識到自己的大腿外側有一片濕濕的血水，才想起是我身體裡的生理食鹽水……well, shit happens when you are least expecting it.

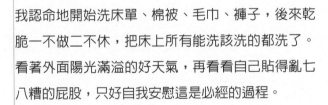

我認命地開始洗床單、棉被、毛巾、褲子，後來乾脆一不做二不休，把床上所有能洗該洗的都洗了。看著外面陽光滿溢的好天氣，再看看自己貼得亂七八糟的屁股，只好自我安慰這是必經的過程。

忙了一陣子後，胡阿姨打電話來（就是之前提過幫我一天三餐外加消夜中間穿插點心水果的台灣第二個媽）要來探視我。我說好加在她昨天沒有打電話給我，因為昨天情緒起伏很大。胡阿姨說她昨天也算好我手術剛完成一定有一肚子的懊悔與苦水，所以她沒打給我。我想懊悔不見得，因為我在手術前就做好心理建設了，但是苦水與生理食鹽水真的是一堆！

中午心地善良的小佩帶午餐給我吃，又拍了照、吃了藥。

有人照顧了，摸摸自己腿上的瘀青，好像也沒有那麼痛了！

到目前為止，我已經上了十次廁所，雖然每次都是大工程，但這也代表我的身體在代謝水分，不枉我拚命在喝維他命B群、C加E。

如果順利的話，明天就可以洗澡和拆紗布了。嗯！頭髮兩天沒洗了，開始有味道了。

備註：
★請記得手術後當晚要在床單上鋪一層塑膠墊，然後再鋪上一塊大毛巾，塑膠墊用剪開的大垃圾袋也可以。
★買6件紙內褲，上廁所時來不及脫下就用剪刀剪開。

洗澡原來是件奢侈的事

等待這天已經很久了！（因為度日如年的關係。）

　　7點，吃力地從床上奮力爬起，感覺手術傷口比昨天還痛。全身上下有種痠麻腫痛感，從每個手術部位緩慢而堅定地散開。吃了消炎藥，緩步走到廁所看看鏡子裡的自己，再深吸一口氣，「終於可以洗澡了！」我滿心喜悅告訴自己。先用消毒水把手洗乾淨，展開浩大拆紗布清潔工程。我先把紗布一塊塊慢慢撕下來，撕的時候得輕輕、慢慢的，紗布先撕開一點點，再用另一隻手指頭按住剛撕開紗布底下的皮膚，慢慢撕開整塊膠布。

就這樣，我花了20分鐘，不斷地重複剛才的動作，全部撕開後，檢視鏡子裡的自己。這是我第一次在手術完成後看到自己一絲不掛的樣子。雖然是大白天，但是我還是被眼前的景象震懾了。我看到屁股及兩隻腿明顯的深紫色瘀青，好像是一幅畫壞的街頭塗鴉，漫無章法。水腫稍微消了一點，但是雙腿還是十分腫，某些部位已經硬了。我回復得相當好！接下來，我開始用酒精試圖擦掉塑膠貼布黏住的殘留膠。真的不誇張，光是試著擦掉膠帶殘留物就花了本小姐52分鐘。完成後，我的脖子與腰部都已經快轉到變形了。能碰水真是一件奢侈的事啊！我拿著蓮蓬頭無意識地沖拭脖子，讓水慢慢地流散分布到全身。有些傷口因為碰到水而

產生輕微的刺痛感，但是我不以為意，水帶給
我精神與身體上的鬆弛，讓我暫時忘卻身體的
酸楚。

擦乾身體，突然覺得少了紗布就好像一部車少了安
全氣囊，沒有安全感。我應該去買件束身衣嗎？

之前我諮詢過的整型美容診所或醫院都會指示病人抽脂
手術後穿束身衣來雕塑抽脂後的身體。可是我的護士小姐
在手術後並沒有特別提到束身衣。我之前打聽到
的束身衣價錢從4000起跳，最貴的是12000，
真是夭壽貴！

這讓已經身、財兩失的我，備感壓力。後來乾脆
打給護士小姐詢問，護士小姐說其實因為超音波抽
脂是用很細小的抽管進行手術，醫生如果技術好，會
抽得很均勻，不像從前傳統式的乾、濕抽，用特別粗
大的管子，每抽出一「條」脂肪就會留下一個空隙在脂
肪層裡。所以手術後必須得用束身衣來壓塑手術部位。她建議我如果
我真想穿，可以去普通的內衣店買一般的塑身短褲就好了。

我當下好感動！之前所做的功課沒白做，找到一位不會亂開價、亂A
錢的好醫師。不過我也很為自己的心態悲哀。醫生有醫德是最基本的

事，為什麼在台灣找到一位有醫德的醫生卻那麼值得敲鑼打鼓，像中樂透一樣的興奮呢？

　　中午約了台灣的三個媽，分別是惠玲姊（經紀人）、我的阿姨以及我的房東阿姨，再加上小佩和我，一共五人，浩浩蕩蕩走進附近的餐館用餐。我宣布今天的午餐我要請客，因為最近感受到大家的照顧，惠玲姊每天慰問、小佩每天幫我帶便當、房東阿姨的關心與體貼，還有我的阿姨千里迢迢下山來看我。其實這幾天很快樂，因為我無時無刻都感受到關懷。吃飯的時候，我那位一天三餐外加宵夜中間穿插點心水果的阿姨，看過我的瘀青後，開始緊張地告誡我不能吃這不能吃那，我吃完第一個菜肉餛飩時，她就警告我再多吃會胖。我想那是因為我在吃飯前半開玩笑地嚇唬她，說我那半邊屁股是她造成的。我可以感受到她的心疼，因為對她而言，看到我不能吃飽，那真是一件非常痛苦的事。除了親近家人的關愛，好多朋友都打電話來慰問，甚至要來看我，給我打氣，令我好感動！

　　昨天晚上有朋友MSN給我說，如果他是我男朋友，他就不會讓我去做這個手術。我回答說：「如果你是我男朋友，你就會知道我為什麼不會聽你的了。」

　　現在，我很清楚明白愛我的人都瞭解：
　　　　　　我不是為了美、我是為了我自己！

屋漏偏逢連夜雨

前兩天放晴的天氣讓我身處疼痛而不自覺，應該說是我的疼痛被迎接太陽的喜悅所覆蓋。

今天早晨窗外一片灰灰的，死氣沉沉。於是我的注意力便集中回到身體的疼痛部位。難怪有錢人都會去一些山明水秀、天氣晴朗的好地方度假整型。最好是一年下半場雨的那種島嶼！我想如果我得再經歷一次這種痛楚，我將會選擇蒙古、新疆一帶，住在一個小帳棚裡，每天最大的娛樂便是看外頭的人跳著祈雨舞。

我也不確定是不是受到天氣影響，雖然今天洗澡時也像昨天一樣小心翼翼，但卻沒有昨天那種久旱逢甘霖的狂喜。我想人類就是一直不斷地刺激自己的感官，所以當感官疲乏時，便得找尋更新更強烈的刺激。或許古代人的生活沒有現代人便利，但我猜想他們生活應該會比較快樂且容易滿足吧！古時候的人可能一個月才洗一次澡，我可以想像他們碰觸到水那一刻的狂喜！

洗完澡後開始照鏡子，我感覺整條腿還是水腫的，就連沒抽脂的部分也都無一倖免。瘀青照舊，但紫色部分有由外往內縮小的跡象。

今天要去天母教書，手術後第一次面對人群。所謂的人群其實是7個國二的小朋友，不過這已經足夠構成我戰戰兢兢的理由了。現在的小孩子can eat you alive! 他們動物的本能還沒因都市化而完全消失，他們能夠聞出你的恐懼。其實教英文就教英文嘛，幹麼扯那麼多？！不管我再怎麼窮困潦倒，教英文始終是我最後一個求生方式，理由很簡單，我討厭把自己裝成一個Yo man, wuz up！怪腔怪調的ABC去贏得一份工作。明明就是一個中英文都十分標準，有時應觀眾

要求還可以講出頗道地台灣國語的美國歸國華
僑，卻要我假裝舌頭不能平擺，這簡直就是大大
地侮辱了我的智商！可是好奇怪喔！我發現不管我
到哪裡，無論是找工作，或者是與製作人面談，大
家只要知道我是美國回來的，就都會很期待我會講出
令人有聽沒有懂的中英文夾雜語。只要是我的中文講
得太標準，大家就一致認為我的英文程度一定很poor。
相對的，我只要佯裝成一個只會說英文然後說：「窩幾
灰講一顛顛重WHEN（我只會講一點點中文）的ABC。」
大家就搶著約聘我。這種無知現象很困擾我，所以除
非時勢所逼，否則我是不輕易執起教鞭的。

　現在就是一個非常好被「時勢所逼」的例子，
我必須為我一條價值6萬的腿而向現實低頭，
不管外面再怎麼風雨交加，小朋友再怎麼無理取
鬧，我都得一步一腳印地去討生活，而且還是在天母。公車
搖搖晃晃到了目的地，手機突然響起，我看著來電顯示，是我的老
闆。

　「Hello？」我接起手機。
　「Hello Taffi，I just want to make sure if you can come
teach next week's morning class？」老闆用破破的英文問我是否
可以教下禮拜的課。

81

　　我告訴她等會兒進辦公室我再跟她討論這件事。

　　「What? Oh my god, I forgot to tell you, you don't have to come to class today, sorry I was too busy!」什麼！老闆居然忘了告訴我今天不用去上課？這是什麼跟什麼嘛！很悶地掛了電話，我當機立斷起身按鈴下公車。在一片風雨交加中，我吃力地撐起雨傘，一部公車快速從我身邊駛過，人行道邊的積水說時遲那時快，潑了我一身都是。腦子裡突然閃過Sex and the City（《慾望城市》）裡凱莉被公車潑到水的那一幕，不知凱莉綠色蓬蓬裙下面是不是跟我一樣有一對紫色的屁屁？

　　就這樣，我在台北街頭洗了我手術後的第三次澡。

　　忘了自己是如何回到家的，但是當我進門的剎那，突然對「屋漏偏逢連夜雨」這句話有了更深一層的體會。我沒看錯，我家在漏水，而且還不是滴、答、滴、答的漏喔，是滴滴滴滴滴滴滴滴滴，急速地漏。拖著瘀青的屁股與大腿，我爬上爬下終於找到幾個大水桶與很多條毛巾，暫時控制了家中的小型水災。當我正準備要鬆一口氣時，電話這時又響了：「妳好，我們這邊是診所，妳記得今天兩點要來複診

喔。」

　Oh shit！我完全忘了今天要回去給醫生複診之前抽脂的部位，急急忙忙抓了外套就跑出門。趕到診所，護士小姐帶我進了候診室，幫我傷口消毒，然後上藥。手臂與大腿的傷口非常小，但是當我提重物或是走太快時，傷口外側會出現一種肌肉被拉扯的感覺，不痛，但是也不舒服。

　等了十幾分鐘，醫生終於姍姍來遲，快速請我擺了幾個姿勢後，很有信心地對我說：「瘀青雖然看起來很嚴重，但是都會在二到三個禮拜內康復。你會看到很好的效果。」醫師不改平日惜字如金的本色，說完就走了。我每次看醫生之前都有千言萬語，但是只要一見到他我就突然失憶，完全記不得要問的問題。當我再度回神時，醫生已在燈火闌珊處。友善的護士小姐客氣地請我換回衣服，提醒我兩個星期後再來複診。

　晚上愛慕者為了撫平我一整天糟糕的情緒，幫我買了一台像數超高的數位相機，雖然大概兩個月之後就會被淘汰，但是他這舉動真的一掃整日陰霾。

　其實我挺感激今天早上遭受的一連串挫折，否則新的數位相機不會看起來這麼可愛。相信古時候那些「屋漏偏逢連夜雨」的人們，終於等到雨停、太陽出來露臉的剎那，興奮的情緒一定足以讓他們忘記連夜雨的不開心！

83

It's a dangerous world out there…

張開眼睛時已經是中午12點了，下半身的疼痛與水腫明顯減少許多。大腿與屁股還是老樣子，還是深紫色，但是大腿內側的顏色有轉淡的趨勢。突然一陣刺癢從屁股傳來。

發生什麼事了？啊，好癢！那難以忍受的疼癢促使我抓狂地抓著刺癢的部位。抓癢告一段落，我才回想起，啊！屁股那邊不是有部位還沒拆線嗎？我趕緊翻開褲子，仔細檢查確定傷口沒有被抓破，然後才開始尋找刺癢的位置。其實根本不需要找，因為在一片萬紫千紅中，那兩點蚊子造成的粉紅肉色突起物，明目張膽地種在左側臀部正中央，活像一個倒過來的飛鏢靶。剛抽過脂的屁股是軟不拉幾的，加上被蚊子咬叮後皮膚表面有點「軟中帶硬」，此時我更確定自己是非常憎恨蚊子了，尤其是台北的毒蚊子，差點讓我毀容。或許我應該去下載防蚊手機程式，每天晚上再用歐護洗澡。

Come on，我已經連睡覺都得躲在蚊帳裡了，難道這還不夠嗎？

為了要收拾被蚊子欺負的心情，我約了女朋友去喝下午茶。非常不體貼的女友明明知道我剛抽過脂，還堅持要坐硬椅子的那一桌，我抱怨了兩句，但還是屈服在她的淫威之下。自己想辦法變通吧，我請服務生幫我拿一個小

軟墊，想當坐墊，可是又感覺不太禮貌，於是就勉強把軟墊墊在下腰處。下午茶結束後，我們兩人肩並肩走出餐廳，我講了一個笑話，女友笑到不能自已，狂打我手臂，在傷口還未復原的情況下，遭受如此重擊，我的反應是直接反擊她的手臂！女友呆了一下：「妳幹麼打我？」她錯愕地問。

「妳不知道我的手臂也有抽脂嗎？」我恍然大悟她並不知道。

於是我們又和好了，跟小朋友一樣。

在熱鬧的東區街頭，處處人擠人，人推人，人踩人。平常我會把東區街上的無秩序狀態當成一種藝術欣賞，但是今天不一樣，我是一個全身上下滿是瘀青的逛街遊客，今天特別aggressive，誰推擠到我，我都無法讓對方假裝沒事般地閃人。好幾次有人推我，我立刻大聲哀嚎，分貝大到他們都沒有辦法假裝沒聽到，趕緊道歉後就跳得遠遠的。久而久之我慢慢開始瞭解為什麼很多明星藝人都需要保鏢來隔開他們與人群的距離……因為他們剛剛做完抽脂手術！

大約逛了30分鐘後，我決定回家。外面的世界太可怕了！我還是躲回我的小蚊帳裡，where I found my safe heaven。

美金、黃金、與LV包包的迷思

我正值消腫期，我的腿，不論形狀或顏色，每天都有明顯改變，因此
心情格外開心！

尤其是今天收到一個消瘀青的撇步，是要花錢的，不過聽說滿有效
的。

幫我護膚的老師介紹我用一種精油，叫做AB精油，它專門用來消除青
春痘，或是去瘀青。老師信誓旦旦地說，原本一塊硬幣大小的瘀青，
擦上AB精油後，會變成十元硬幣大，那是因為它能夠把瘀青化開；瘀
青化開後，顏色就會轉淡，然後就消失了。這瓶神奇的精油是美容老
師特調的，大概是什麼祖傳秘方，神秘得不得了。為了要證明這瓶AB
精油的功效，我決定捐出三天時間以及我的右腿來實驗這瓶精油。

精油的味道很香，卻不刺鼻，我之前忘了問價錢，這時突然開始緊張

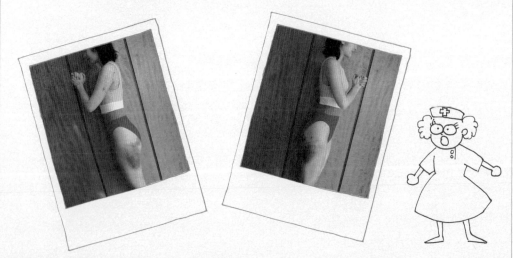

這瓶精油的定價。美容老師的店位於昂貴的民生東路上,顧客群大部分是社會名媛與演藝圈的藝人。我曾經半開玩笑跟老師說:「老師,我一定是你整個店裡最窮的顧客。」當時只見老師尷尬地笑一下,然後顧左右而言他地說:「啊沒關係啦!偶們可以讓你慢慢付啦,都是老主顧了。」從那天起,我證明了一件事,我真的是她最窮的顧客。不管怎麼樣,我這三天會把精油擦拭在右腿上,左腿則什麼都不擦,看看有沒有明顯「瘀青擴大,顏色轉淡」的變化。

中午去找瑜珈老師,順便練習Bhakti瑜珈,一種慈悲與施捨的瑜珈,換句話說就是幫忙老師洗碗。瑜珈老師的教室距離我家才隔一條馬路。在還沒抽脂之前,我幾乎一個禮拜有三天會空出來做瑜珈,我喜歡做瑜珈是有原因的,老師教的瑜珈是很正統的瑜珈,除了把身體扳過來扭過去,他也教導我們冥想、吐納和瑜珈精神。最棒的是,老師會在每一堂課結束後,都煮一些他發明的菜給我們學生吃。他的菜都

是有機的,什麼日本空運來的菠菜,或是自己剛出爐的有機全麥麵包,好吃的素食加上燈光美、氣氛佳的環境,讓我每次走出瑜珈教室,臉上都會掛著幸福的微笑。我的瑜珈老師曾經被他教的小朋友指著說是外星人,後來我不得不承認,大部分小朋友都是誠實的。儘管如此,他的心地是很善良的,人又風趣,有智慧又有美感,瑜珈又教得好,菜也煮得讓人讚嘆不已。

然而這一切都將在今天以後改變!我得知的最新消息是:我的瑜珈老師 is not making enough＄＄＄,他一直在虧本。意思就是說,他要漲價了,食物也會分開供應給那些買餐券的人……突然,我意識到一件事,我需要賺更多錢來維持我原本開心又單純的生活!這個 reality hit 把我從夢幻的《慾望城市》凱莉作家夢裡給狠狠踹了出來!

那一剎那,我發覺三月已經過了快一半,意思是,還有半個月就要繳房租了。和舅媽與媽媽借的抽脂錢雖然不用馬上付清,但是欠人錢的感覺總是比借錢給別人還糟,對了!我還沒繳清美容老師的 AB 精油錢呢。腦子裡快速地運算著一堆數字,喔,賣尬!看看這本書能不能成為我房租的背書呢?我的希望全寄託在這

本書上了！我趕快上MSN去問惠玲姊，我的王牌經紀人。三秒鐘過後
惠玲姊迅速地回了一句：「不要寄望太多福利在這本書上。」
ok，那我大概懂這個意思了。

她的意思是，等我瘀青全消後，必須得密集接CASE拍廣告，至於還是
不是演媽媽已經不是那麼重要了，要我演奶奶的奶奶我都會毫無怨
言。另一個意思是我得重拾教鞭，面對那一群嗜血的小惡魔們（其實
只有一個小惡魔啦，其他都很乖）。
在這個社會上，在這個都市文化裡，有什麼東西是不用錢就可以買到
的？換句話說就是用錢買不到的？可憐的都市人，連尋求心靈快樂的
基本存在價值居然都得依次計費。
標準金牛座的我又開始憤世嫉俗了！

或許明天就要開始清我那些積了不少灰塵的LV包包們，我想知道一
個包包能夠換幾堂瑜珈課！

至少我現在知道有幾種東西能夠保值並且具有升值空間，分別是美
金、黃金與LV包包。我建議國際期貨組織（如果真有這個組織）可以
在下一次開高峰會議時，把LV包包也列為和黃豆、水果、米之類的國
際期貨品項之一。這樣一來，我們可以直接把LV包包拿到銀行兌換現
金，我也可以拎著我的LV包包作為這個月的瑜珈學費，以換取我心靈
上的滿足與快樂。

太妃頭精神：
I am who I am.

Oh Shit!

我昨天下午完全忘了吃消炎藥這檔事了！我會不會死？應該不至於那麼嚴重吧？但是我是不是得重新開始再吃一輪？一天四次，一次兩顆，共吃六天。No way Jose！

趕緊撥了醫院電話，忙線中。

腦海中又浮現出許多老人家告誡吃消炎藥不能中斷，或吃一兩天病情轉好了就不吃後果會更嚴重等等……

更嚴重是多嚴重啊？

我的腦子出現了抽脂傷口流著汩汩脂肪的畫面。

「咦？好像也不是那麼可怕！」

雖然腦子沒停過，我的手也沒停過，繼續機械化地撥著醫院電話。

「你好，X醫生診所。」終於有人接聽了。

「小姐妳好，我昨天忘了吃消炎藥怎麼辦？」我劈頭就問，現在回想起來才覺得當時多麼沒禮貌。

「妳吃多少天了？」護士小姐耐心地問。

「4天半！」

「喔，那你ok啦，只要沒有發燒的症狀應該就沒問題了！」護士小姐輕鬆回答。

「真的嗎？」That's it？怎麼不如想像中嚴重？這時突然有種被老人家騙的感覺。

掛上了電話，才覺得自己小題大作。

多才多藝的我，每周會去上兩次表演課。

教室就在國父紀念館附近，離家走路差不多20分鐘，很近。

最近上課需要背誦莎翁名劇——《羅密歐與茱麗葉》的開場白。

「故事發生在維洛納名城　有兩家地位相等的貴族　累世的宿怨……」

趁著前往上課的路上，我邊散步邊背台詞。

經過頂好名店城，我繼續專心走路背台詞，卻突然發現自己不知不覺已經走了一大段路。抬頭看看周邊人群，我低下頭，繼續邊走邊背！

「故事發生在頂好名店城 有兩家地位相等的貴族……」
等一等！我剛剛是說「頂好名店城」嗎？好像是耶，真是白癡哪！

進了教室，老師先帶著我們暖身，大家排排坐在木質地板上拉小腿筋時，我因為屁股接觸到冷硬的地板而開始痠痛。儘管不舒服，還是要咬牙忍住，我連抽脂都沒在怕，這算什麼！我猜自己的臉部表情一定是扭曲而痛苦，因為我發現大家都在看我。老師看見了，馬上詢問：
「Taffi，妳還好嗎？為何上個星期沒來上課？」
「我去抽脂～」我痛到聲音只能發出小小聲。
「什麼？妳抽筋？！」老師沒有聽清楚！
我虛弱搖搖頭，再一個字一個字吐出來：

「我～抽～脂～去～了！」

「什麼？」老師還是沒聽見。
「我‧抽‧脂！」我用盡全身的力氣喊出來。
當場……全班鴉雀無聲。
我清清喉嚨後又說了一遍。
老師用著不可思議的眼神看著我幾秒，接著說：「是經紀公司要妳去的嗎？」聲音中充滿了正義感，讓我聯想起《永不妥協》裡的茱麗亞‧羅伯茲。

「不是耶，是我自己想抽的，沒有人逼我！」我誠實回答。這時我感覺好像置身於瓊瑤阿姨寫的某齣愛情親情倫理大悲劇中的一個橋段，

苦命女主角拚命為苦毒她的惡婆婆解釋身上的傷口。現在回想起來，
搞不好是苦命女主角有自虐的傾向，惡婆婆只是在旁邊幫忙而已。

說真的，我真的不覺得抽脂是一件Shameful（羞恥）的事。很多時候
我們都對自己太嚴苛了，給自己太多無形的思想枷鎖。不知不覺中，
我們習慣用負面的思考方式來看自己，因此原本一件不好不壞的事，
經過自己心虛的介紹，大家便開始用同樣負面的眼光審視它。就拿抽
脂來說，如果我表現出一副很理虧、很不應該、很對不起社會大眾的
態度來告訴大家我抽過脂了，我相信一般人會有兩種反應，一是覺得
妳理虧，就好像先前妳替自己預設的立場一樣；或者是他們會認為有
義務要幫妳隱瞞，而同情妳的理虧。

他們絕對不會認為妳不理虧，因為基本上是妳自己要把理虧與抽脂兩
件事連結在一起的（connect together）。當我適應了這種生活的邏
輯與態度後，我發現我活得更快樂了；時時要去在意別人看妳的眼

光，妳就不是在表現真正的自己了，雖然日子照樣過得去，不過會很痛苦。看到這裡，希望大家不管是同性戀、整型美女、姊弟戀、憂鬱症患者……統統都能夠活得理直氣壯！ I am who I am。

晚上阿姨打電話給我，開始關心一些雞毛蒜皮小事，例如，屁屁還痛不痛啊？瘀青有沒有消啊？身體有沒有變瘦啊？最近吃些什麼啊？然後開始規誡我不要吃太多澱粉類的食物……接著又問我書寫得如何啊？需不需要一些中文上的幫忙啊？閒扯了一會兒，重點終於來了，胡阿姨慎重建議：「我覺得妳可以順便把拖弟一起寫進妳的書裡。」

拖弟，是我兩年前送給阿姨的約克夏小狗的名字，與其說是「送」，倒不如說是「硬塞」。心地善良又愛小動物的阿姨把拖弟當成兒子般照顧，每天陪牠講話，還到處跟一堆人說她家的拖弟長得像約克夏版的李察‧吉爾，而且還更討喜。有時候我覺得不是因為拖弟討喜，是胡阿姨對於拖弟的態度讓大家都覺得拖弟很討喜。

以我對我阿姨的了解，我知道阿姨是非常認真的，於是我很鄭重、很誠懇地告訴阿姨：「好，我盡量把拖弟寫進去，雖然牠跟抽脂一點關係都沒有！」

Well，這樣子也算是把拖弟寫進去了吧！阿姨？

人類的本能
陽光充沛又帶些風的台北市，十分討喜。

為了融入這幅美麗畫面，我特別整理儀容，穿著自認為很有氣質的黑
色七分袖套頭合身上衣加上一件簡單的卡其色香菸管褲。
把頭髮撩起來，綁個俐落的馬尾，素著一張臉，好愛這一刻的自己！
好classy！

但是讓人完全無法想像的是，卡其褲子裡包著的兩條
紫色大茄子。
看得出來今天腿部水腫已經消了許多，現在的粗細
大概與抽脂之前差不多。

雖然還是黑青瘀腫，但是之前凸出來的馬鞍帶已經完
全平了。
我聽著Marian Brainiage的音樂，心情好輕鬆。
中午與愛慕者相約在台北的某家牛排館午餐。

吃完飯心情愉悅走出餐廳，這時突然有一位媽媽牽著小女
孩走過來，笑容可掬地跟我說：「小姐，剛剛我跟我女兒
在裡面用餐時，就一直在注意妳，我覺得妳氣質好好，真的
好有氣質喔！」我看到小女孩用崇拜的眼神望著我！
我被這突如其來的讚美弄得不知所措，我驚訝又略帶小尷尬地
微笑，然後開心吐出兩句：「喔～阿阿，沒有、阿阿、謝謝、

謝、謝！」

母女兩人走遠後，我開始慶幸剛剛吃飯時沒有做出用叉子剔牙齒，或是挖鼻孔之類的行徑。要是真這麼做，可能小女孩長大後對於「氣質」兩個字的定義或許會跟一般人不同。

也許，我應該感謝抽脂帶給我的疼痛，它讓我動作放小、放慢。下次，如果妳看見一位穿著素雅、紮著馬尾的女生在東區一帶慢慢閒逛時，千萬不要認為她是裝優雅，事實上，是因為她真的不能走得太快。

我們大家常看到媒體上的貴婦名媛們，講話走路都是慢吞吞的，其實很有可能是因為她們剛剛才動完某個整型手術。

今天是拆線日，感覺好像又越過了一個里程碑，其實也才過了7天而已。現在我已經和診所的醫療護士團隊很熟了。不確定是否因為我天生愛裝熟的個性，並且棋逢對手，每次回診所都好像回娘家的感覺。

護士小姐快速地拆完線，就開始仔細檢查稍微改善的瘀青和水腫漸消的腿與臀部。接下來護士小姐開始解釋為什麼會在手術後兩個月才會第一次看到明顯的曲線，以及緊身衣對於抽脂的功效。

 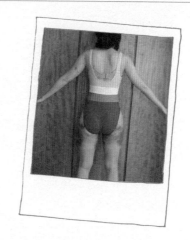

雖然護士小姐都瞭解我不會買緊身衣，但她們還是很耐心解釋，也認
為我不需要買範圍太大的緊身衣，只要普通的塑身衣就ok了。

醫生後來也進來探視我的復原程度，他一向寡言，檢視過我的抽脂部
位後，就用沒有表情的聲音說：「等3週後，效果會變得相當好。」
老樣子，說完就離開了。

也是啦！醫生的職責範圍本來就不包括和病人聊天嗑瓜子看畫報。技
術好比較重要。

我只要聽到再等3週手術效果就會出現，我就開心了！

之後，護士小姐塞給我一些美容膠布讓我貼傷口，以及一套束手臂的
彈性套。

因為是免費的，使用時感覺特別好！

之前在另外一家整型外科諮詢時，美容膠布要價一片100元，手術後
的手臂束套更是3000元起跳！女人的錢真的太好賺了。

回家後，剛巧房東阿姨也在家，我們就聊起來。聊到教育問題時，我
才發現房東阿姨在這方面簡直可以拿到博士學位。

阿姨很感慨地說，現在的小孩子都不懂禮貌，連簡單的電話禮儀都沒

有，每次打電話找人都不會自動先報上自己的名字，然後把接電話的人都當成接線生。

我連忙點頭同意！

沒錯，現代人這方面的禮儀真的很糟糕。

我剛回台灣時沒什麼朋友，所以會亂給電話號碼，手機出現的caller ID經常都是陌生號碼居多。我最討厭每次電話接起來，聽到的第一句話就是：「喂～妳在幹什麼？」

我最痛恨這種所謂「裝熟」又裝得很不漂亮的行徑。

這時，就算我已經知道對方是誰了，我還是會用很冰冷的聲音回答：「對不起，我對你的聲音完全沒印象。」

接下來對方的聲音分貝一定大了幾格，有些甚至會臉皮厚說出：「那妳猜猜我是誰啊？」這種既幼稚又沒有水準的話，我通常聽到的反射動作就是直接掛電話。

不過也有掛錯電話的時候，有一次因為這樣而不小心掛了我舅舅的電話。

為了凸顯我對於電話禮儀的堅持，我不會因為他們終於報出了名字而開始熱絡，我會打鐵趁熱開始罵：「打電話居然不先報自己的名字？你家裡沒教過電話禮儀嗎？小心下次我不接你電話！」

通常打電話來的男生都是對妳有某種目的，所以臉皮都很厚，可以讓

我敞開喉嚨盡量罵。被罵也是應該的,居然敢在「裝熟界」的達人面前賣弄,真是無知啊!

我與房東阿姨一人一句,罵得痛快極了!禮貌的存在是為了讓一個人表達出他們對於另一個人的友善與尊重,所以適度的禮貌是必須的,但是太過於表面的禮儀就給人一種虛偽的感覺。禮貌拿捏得當需要相當高的大腦運算精準度才能達成。

所以我罵那些白目人其實是為他們好,他們可能大部分時候都沒有辦法看到自己。而我們就要在適當的時間提醒他們,讓他們有更多的機會練習如何不要讓自己那麼無知。他們應該謝謝我才對!

人類為什麼可以成為地球上最強的哺乳類動物?原因之一是因為我們具有能夠記取教訓的本能,
learn from mistakes, and remember them!
不要讓這項本能消失!

Learn from your mistakes!

無欲則剛

日子從剛剛抽脂完的驚濤駭浪漸漸轉為平靜。

除了被蚊子咬咬外，心境上並沒有太多明顯的喜怒哀樂 。

腿有點腫、下腹部不太舒服、腰很痠、背很痛、臉色蒼白……這些身

體現象告訴我，遲來的「大姨媽」這幾天會來探視我。

早上和朋友一起參加一堂營養飲料的講座，主辦人是我

的瑜珈老師，主要是介紹他自己發明的「上帝飲料」。

他認為辨識食物好壞，是人類的本能之一，但是太多的

加工食品、基因改良蔬果，已經把人類這項珍貴的本

能給破壞殆盡了。

因此21世紀的人類面臨最大的課題之一是營養過剩與

如何吃對的食物。

就像我的瑜珈課程一樣，這些真正的有機食品並不

便宜。

再一次令我搖頭嘆息，原來台北人必須非常努力賺

錢，才能維持健康的身心靈。

維持身心靈的健康，原本是一種設定在我們DNA裡的原

始慾望，但是相信造物者當初也沒有料到，人類的身

心靈到最後竟然是需要用金錢來維持。

當慾望不能被滿足時，痛苦便開始了。

最近不知道怎麼了，對關於錢的事，十分敏感。

感覺生活上需要錢的壓力越來越多，我的房租、瑜珈課、

想買「上帝飲料」的有機材料、最近要整理的牙齒、手機

費……一連串的生活開銷開始浮上檯面。我越來越感受到

經濟的壓力了。

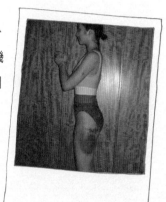

之前拍的廣告，大概5月份錢才會下來；一般台灣的廣告

製作公司開給演員的支票最快得3至6個月才能兌現。我真

是受夠了這種一下子窮、一下子富的生活。

馬斯洛（Maslow）人類需求金字塔的第一層也就是最

底層，是食衣住行；第二層是安全感；第三層是社會

地位；第四層是找尋自我；最頂端的一層是

Actualization，俗稱「超脫」。

而我，在第二層就被團團困住了。

Damn it!

我是不是對於第一層的食衣住行要求太多了？以致在第二層

無法滿足我的安全感？安全感在這個社會裡其實就是money，摳摳、

錢、$、dinero、瑯。

我不至於沒有安全感，但是，我definitely為了它而苦惱。

101

看著青紫的大腿，我連試鏡都不能試，心裡真的好焦急。就算過了這個月，下個月我該怎麼辦？剛跟家人借貸抽脂，現在更不能一通電話回去要錢。我開始質疑自己，寫一本書能帶給我事業上的轉機嗎？

還是我樂觀天真的想法？

如果腿真的細了，但還是沒有人願意給我工作該怎麼辦？

那我之前所做的浩大工程不就是一個天大的笑話？

還有，腿如果瘦了便罷，萬一失敗，沒有瘦的話，怎麼辦？

這本書的TITLE或許應該改為《太妃頭的抽脂失敗日誌》，或者是《太妃頭的抽脂失敗經驗啓示錄》。

心中所有的痛苦皆因慾望無法達成所致，好希望我現在的生命，能夠從彩色轉為灰色，再轉為黑色，再轉為白色，然後是零，一切歸零。

晚上突然想要找出爸爸媽媽的結婚照給房東阿姨看。

　沒想到，早就斑駁的相片拿出來時已經變成紫一塊綠一塊的淒慘景象。

　該死，一定是前陣子房子漏水，牆壁滲出的雨水滲進了相片。

　我心痛地看著爸爸與媽媽的結婚照，不知道現在的技術能不能修復這張年代已久的相片。

　此時我已欲哭無淚了。

Tomorrow is another day

快要醒來時，我做了一個奇怪的夢。

我夢到7歲時就因為癌症過世的爸爸，坐在一張床上，腿上平放著我的手提電腦，眼睛專注看著電腦。當我一走近，爸爸便迅速把note-book闔上。

接下來我便醒了。

我感到詫異的是，自從爸爸20年前過世後，我夢到爸爸的次數用5隻手指都算得完，該不會是爸爸在看我的抽脂日記？可是我爸那個年代的人連電腦都沒看過，何況是開機？

嗯！可能天堂也和我們一樣電腦數位化很普遍吧！

睡到自然醒，這時我平躺在床上，腦子胡亂運轉著。
慢慢地拉回現實面，昨天尚未解決的問題一件一件開始歸位。
我突然豁然開朗。

放棄瑜珈吧，一味地強求就不是瑜珈精神了；若是因為要上瑜珈而讓自己痛苦地做些自己不想做的事情，那比不做瑜珈更消極。

等我傷口復原後，我就不搭電梯，每天爬樓梯，早上與阿姨叔叔去公園運動！牙齒也是，沒有能力全部一次整理好，那就先一顆一顆整理，量力而為。房租目前還是沒想到辦法，不過還有將近兩個禮拜的時間讓我思考。

昨晚難過地躺在床上，心中吶喊著：「Oh, tomorrow is another day!」好像《亂世佳人》最後一幕，郝思嘉在萬念俱灰下，心力交瘁地丟下一句：「Tomorrow is another day!」說完就跑去睡了。明天怎麼樣，到明天再說吧！

今天就是昨天的明天。

下午惠玲姊打電話給我，願意先幫我墊瑜珈及一些開支，剎那間我好感動，又好慚愧。我之前的行徑簡直就像一個無理取鬧的小孩要不到糖時的壞樣。我帶著淚水堅決婉拒了惠玲姊的關心，我說服她我是真發自內心覺得自己可以放下瑜珈，我告訴她，強求來的東西是不會讓我得到真正瑜珈的那種平靜精神。

晚上上完表演課時，一位長相十分討喜的男同學跑過來，我們兩人七嘴八舌邊走邊聊。這個男生很有趣，目前正就讀於某大學研究所，主攻國劇。很巧的是他是我美國最好朋友的爸爸的學生，所以有很多話題可以聊。今天聊到一半時，他突然表情變得很怪，然後說：

「Taffi，我跟妳說一件事喔，可是妳不能生氣喔。」他露出尷尬但又
很想一吐為快的表情。

「說啊！我發誓我不會生氣。」我帶著微笑鼓勵他說，喔！感覺好像
小朋友的對話。

「其實我第一堂課與第二堂課對妳的第一印象很差！」他終於說出來
了。

我臉上的笑容線條瞬間由溫馨轉為僵硬。

「嗯！你真的這麼認為嗎？」我再次確定有沒有聽錯。

「對，我對妳沒好感到一種程度，我對身旁的人說，

ㄟ，你們看這個女的在那邊跩什麼啊！」

Ok, I got it!

105

老實說，一時之間我完全不知要如何反應，因為我真的半點都不覺得我在別人眼裡是那麼不討喜。
「那你掩飾得很好，因為我完全沒有感受你對我的不滿。」
我拍拍他的肩膀，友善地回應。

過了半晌，我問他：「那你是什麼時候開始對我改觀呢？」
「上次上完課大家一起去吃飯時。當我們開始一起聊天，我才發覺妳真的是一個很直的人，我現在對妳超欣賞。可是剛開始不認識妳，覺得妳好油條，然後鋒芒太露而且……」他又要繼續數落了。
我連忙打斷他說：「瞭解了，天啊！我真的不敢相信我在別人的眼中是如此的討厭。」

一直到現在，我還在思考這個問題：我真的很討人厭嗎？
是因為太美式的作風讓人討厭嗎？
我覺得我人緣不壞啊！
但是也對，今天是星期5，晚上沒人約我出去。
天啊！我從來都沒有用其他人的角度來看自己。還一味地分析別人、評論別人！我很瞭解我想瞭解的自己，但是我從未想過在別人眼中，我是一個什麼樣的人。
我太自信了，自信到我可以完全不care別人怎麼看我。

在「大姨媽」來臨前夕，我第一次從不同角度觀察自己。

106

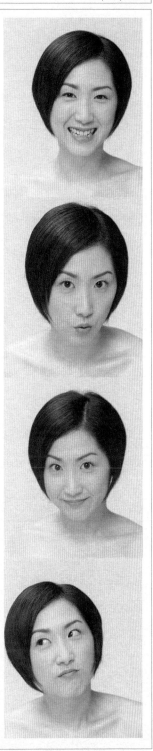

這兩天，因為賀爾蒙紊亂造成情緒低落，為了男朋友跟其他女生單純約去看歌舞劇而不開心，不能上瑜珈這種小事也讓我難過。我最難過的是，我會因為這種小事而難過，真是太不像平時爽朗的我了。

但正是因為如此，我開始看到自己另一面的強烈對比。
因為只有在這個時候，我願意去承認我不完美的一面。
也只有在這個時候，我開始檢閱一些不愉快的人際關係，或許，是我先給予他們不好的印象而不自知。

或許爸爸真的是在看我的日記吧！
他看到了我的驕傲與自大，也看到了我的渺小與卑微。
他更看到了他的女兒，已經開始進行另一個階段的self-realization（自覺）。

這篇日記是送給住在天國的爸爸。
而這本書是讓您一下子趕上這20年您沒參與到女兒的成長進度。

DJ阿公與DJ阿媽

房東阿姨今天買了一大堆菜回家煮。晚上應該會有類似滿漢全席的排場出現！阿姨是一位非常稱職且專業的家庭主婦。她不太會花錢在自己身上，對於吃卻是非常不吝嗇的。

她會在做菜前把菜的價錢記下，列出清單，再從清單上配菜。她告訴我，她發現光是這兩個星期，因為不斷寒流又放晴，氣溫相差太大，菜價明顯上揚不少。之前魚一條240元，現在居然漲到280元。我對於菜價完全沒概念，卻因為這條魚，也開始感覺到民生必需品的價錢開始悄悄地往上攀爬。這完全是因為Global Warming 溫室效應的關係。這樣子下去，我們的生活會不會開始糧食短缺？好可怕的問題！這個問題甚至大過於我的脂肪是否少了幾CC。

晚上邊聽《樂士浮生錄》原聲帶，邊摺衣服。我想如果這些老傢伙到老了都還在吹奏他們年輕時吹的樂器，那麼，如果我們這個年代發明的新樂器是電子音樂，難不成50年後，會有一堆老阿公老阿婆的DJ，閒聚在老人休閒中心，刮唱盤、唱饒舌？那麼在未來的年代裡，音樂會以哪種類型出現？好難預測，就好像作曲家貝多芬在他的年代的音樂界，稱得上是標準的叛逆顛覆「怪咖」。百年後，他居然成為古典音樂的指標。那我更想知道，再50年後，美的標準又是什麼樣子？還會是瘦子當道嗎？依今天

108

的菜價來看，我覺得在50年後，或許根本不用50年，
人們會因為天氣劇變而食物短缺，食物在那時會是
非常珍貴，身上有多餘脂肪的人會成為大家羨慕的
對象，因為這表示此人身體內儲備了足夠的能量，
他可以死得晚一點。到那個時候，會有滿街的瘦
子，但不是像我們現在看到的那種超級名模瘦，而
是像非洲難民的那種乾枯瘦。到那時，大家不會去管你的
醜與美，因為他們得先填飽自己的肚子，誰會管你屁股
幾吋？

天啊！到時候我會不會開始懊悔自己年輕時做出的抽
脂決定啊？讓自己身體的脂肪細胞減少，相對的就
是減少自己的能量儲備。我們都知道，人在30歲之
後、脂肪的數量就會定下來，接下來多餘的能量
會轉換為脂肪，而一個脂肪可以膨脹到自己原來size的1000倍
以上。這麼說來，如果我為了要過冬，就必須一直靠吃來儲備能量，
但是我最多只能儲備到一個程度，有可能因為我抽了脂，脂肪數不
夠，因此而被活活餓死。
到那個時候，可能不活會比活著來得開心！

想太多了！
都是因為一條魚漲價引起的聯想。

得了大腿，失了肚子

好久沒看電視了。

除了天氣善變，忽冷忽熱讓我聯想到世界末日外，其他一切都是如此祥和。

抽脂手術結束11天了。手臂上的瘀青和麻麻的感覺已經消得差不多。大腿與屁股上最痛的傷口也漸漸沒有之前那麼刺痛了，雖然目前傷口皮膚內層有結痂的硬塊，但是痛的感覺範圍越縮越小，睡覺時可以試著平躺與側身睡。這跟醫生預期的一樣。瘀青大約再過幾天就會消掉，接下來再過2星期，抽脂的效果就會呈現，那個時候，就是本日記完成時。Muahahaha！我心裡在大聲狂笑著。

But，我發現一件很恐怖的事，我的腰部與背部開始明顯在囤積脂肪了。大概是平常要丟給大腿與屁股的脂肪現在無家可歸，所以一直讓我引以為傲的腰和背正默默地接收這幾天製造的脂肪。我該不會瘦了大腿後，腰反而粗了吧！那看起來豈不是很像青蛙？

我坐在搖椅上恐懼地邊使勁搖著搖椅，幻想自己肚子變肥的樣子。不行，還有不到一個月的時間這本書便會完成，我現在必須讓自己進入備戰狀態。我都想好了，房東阿姨今天

晚上還會煮一桌滿漢全席，為了不要干擾備戰狀態的情
緒，那就從明天開始減肥計畫好了。

這兩個禮拜來，我每天不是躺在床上，就是坐在搖椅
上，有時會出門散步，但是以靜態的作息居多。從明天
開始，早上與中午都吃自己調的營養飲料，晚上過6點不食。
太陽沒下山前以爬樓梯走路來消耗卡路里，晚上睡前做仰臥起坐加踩
腳踏車200下。

心中已經開始盤算著加強瘦身計畫：「一定要貫徹！一定要貫徹！」
我腦袋裡用著擴音器對外大聲吶喊，以示堅定。

在決定寫這本書的同時，減肥也真正成為我的事業了。
感謝惠玲姊孜孜不倦到處尋找「慈善」出版社，幫一個
中文程度只有國小五年級的女生出版這本抽脂血淚史。因
為這本書的關係，我逼自己去分析內心世界和自己的過
去，我也因此瞭解自己。其實，把自己的過去與現在血淋
淋地攤開，不也是一種心理治療嗎？這不但讓你看到自己
的弱點，還要你面對自己的弱點，而當你慢慢習慣坦然面
對自己時，你也開始不會畏懼別人看你的眼神。自信就是如
此培養。

怎麼突然精神講話了？是不是因為要進入備戰狀態，所以再次地提醒
自己？堅定自己的信念？

I can do it！

我沒有什麼強項，但是我的執著，會讓我得到我想要得到的。

More 蔡康永s please！

今天正式進入備戰狀態。早餐和午餐都是喝自己調的營養飲料，有綠茶粉、卵磷脂、南杏仁粉、山藥粉、啤酒酵母粉、燕麥奶粉，還有阿姨做的18種穀類打成的綜合養生粉，調成濃濃的一碗，喝完好幸福！連續喝了一個禮拜，覺得皮膚變好白，頭髮也變得比較柔軟明亮。這些在有機食品店都可以買到，但是都不便宜。

備戰時期是非常時期，所以水果是絕對不能少。房東阿姨昨天交代我要把冰箱裡的葡萄拿出來洗。
「洗葡萄是有技巧的！」房東阿姨說。

我先把葡萄放在一個大盆子裡，然後加上鹽巴與麵粉搓洗，洗前要連梗帶葡萄一起剪下。其實，我真的對家事一竅不通，正好請阿姨幫我惡補一下。阿姨自信滿滿地告訴我，這房子的風水對女生非常好，我頂多在這裡住3年，因為3年內一定可以嫁掉。

以目前的走勢來看，可能不出3年，我就可以練就一身好功夫，讓阿姨的招牌免於被砸！住在阿姨家簡直就是在傳統新娘研習營裡紮營，短短幾個月的相處，顛覆了很多我之前對家庭的看法與觀念。阿姨與uncle兩人十分恩愛，他們的兩個女兒都十分孝順貼心，也都嫁到很疼她們的老公。「看來這邊的風水真的不錯」我邊洗邊想。

葡萄終於洗好了，我突然回憶起4、5歲時，爸爸媽媽的朋友來家中作客。為了愛表現，我自告奮勇要幫叔叔阿姨們洗水果。個子小小的我，搬了張凳子，踩在上面，勉強可以搆到洗碗水槽，我一個人慢慢洗著葡萄。那是我第一次洗水果，所以特別興奮，想要洗得很乾淨很乾淨，端出去獲得大人的滿堂喝采。

大概過了一個小時吧，我搖搖晃晃地把一盤葡萄端出去，果不其然，大家的讚美聲絡繹不絕。雖然才4、5歲，當時就很愛聽好聽的話，享受辛勞換來的成就感。然後我開始跟大人報告辛苦洗葡萄過程：「我把葡萄拔下來放在大盆子裡，然後加沙拉脫一顆一顆地洗……」突然間，大人的表情同時變僵硬了。那次之後，我媽媽就再也不讓我進廚房了。

阿姨做的18種穀類打成的綜合養生粉，調成濃濃的一碗，喝完好幸福！

下午打電話去美國給媽媽。媽媽開心告訴我，表弟申請
進了UCLA！
UCLA，我心目中完美的知識殿堂，我最喜歡的兩位作
者：蔡康永和Kary Mullis（1993年諾貝爾化學獎得
主），都在UCLA留下過他們的足跡。我在美國時就有用
電腦來收聽蔡康永電台節目的習慣，只可惜聽了三個
月，台北之音突然要轉型，蔡康永的節目也因此消
失了。

我也是在最後一次收聽時，聽到frenate的bizzard
love triange，蔡康永節目裡播的最後一首歌。我還
記得在美國東岸某個陽光充沛的午後，我邊聽邊難過
掉眼淚。廣播節目可以做得這麼深植人心，是因為DJ
和聽眾都付出了百分之百的真心去聆聽對方的聲音。廣
播的世界是很專一的。

回到台灣後，有更多機會接觸蔡康永的節目和書，但是比起在美國聽
到的蔡康永總是少了一點點什麼。我還是很高興能夠看到蔡康永活躍
於電視媒體，提醒我台灣的電視界還是有文化水準的。我真心地希望
有越來越多的蔡康永能夠來touch people's heart！

進入失望期

今天與護士小姐通電話，我只是想確認是不是邁入所謂的「失望期」。

感覺上，我的手術部位都不怎麼痛了，可是抽脂部位這幾天都沒有縮小。護士小姐聽完我的狀況後，輕鬆宣布：「對，你正式進入了手術失望期。」在這個階段，我的皮膚內部組織正開始慢慢結痂、修復，

啊！別拍啦！今天要去試鏡，好久沒打扮了，感覺怪怪的。

所以外表不會有很明顯的改變，這個階段大概會持續2個月，之後抽脂的效果才會出現。老實說，我目前已經非常滿意抽脂的成效了，本來脂肪多到下垂的屁股，現在已經變成一個正常的屁股。

今天的意義非比尋常，因為今天是我手術復出後的第一次試鏡。為了要消除臉上的水腫，雖然是下午的試鏡，但是我一早就起床。

同樣的，今天也是手術後第一次化妝，我照照鏡子，深深體會到原來一個黃臉婆的形成只需要兩個禮拜！我邋遢太久了，邋遢到我連Nu Bra放在哪個抽屜都需要想好久。下午試鏡需要模特兒們穿細肩帶小可愛，為了讓選角好辨識我的性別，我特地在內衣裡又墊了兩層「假奶」。其實我對胸部的size真的不是很介意，從小在「波濤洶湧」的美國長大，卻也沒有一個人嫌過我的平胸，Nu Bra的發明讓我隨時隨

115

地變換我的size，今天想走少女路線就墊1個，明天想走冶艷路線就墊3個，依此類推。有些人想一勞永逸，直接把水袋放進胸部裡，我覺得會比較不方便，不能變換size對我來說是一件挺困擾的事。

換上牛仔褲時，我發現褲子大腿的部分鬆了。心想這真是一個好的開始啊！

到了試鏡的地方，選角（casting）要我擺出幾個姿勢拍照。其實廣告試鏡是一個非常公式化的行為，先拿名牌拍照，然後轉左右45度角、左右90度角，再開始拍幾張客戶要求有表情的照片。接下來casting會請我做自我介紹連接一段客戶要求的表演。試場老鳥的我，準備擺出一號表情時，卻發現我的臉是僵硬的。

What is going on？我忘記該怎麼笑了！

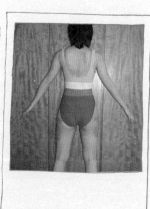

我的額頭與手掌頓時冒出細小汗珠,「shit!我在緊張!」在得知自己的緊張後,我的表現變得更緊張了!該不會抽脂後的人都會變笨吧?不大可能吧!這時我腦子裡已經充滿了完全與試鏡無關的聲音。直到走到馬路上時,我才意識到試鏡已經結束了。看來我又得花一陣子去重新培養我試鏡的tempo。

沖泡阿姨特調的18種穀類綜合養生粉,連續喝一個禮拜,覺得自己皮膚變好白,頭髮也變得比較柔軟明亮。

今天惠玲姊確認了出版公司要與我簽約的事項。在看完合約後我才發現,這一切都是真的,我不是在做夢。我萬萬料想不到,我竟然會自己寫書,更重要的是,有人會幫我出書。而且我懷疑真的有人會買嗎?惠玲姊肯定告訴我,出版公司在這方面是專業的,要我放心。

我很想知道是不是每一個作家在出版第一本書時心裡都是這樣,盤算身邊的親朋好友、好友的好友會認購幾本?我想我大概會是少數的神經質作者,書都還沒寫好,就開始擔心業績銷售量。

哈哈哈～真是庸人自擾。

117

Taffi，妳老了？

上午與友人建漢聊天。

「Taffi，妳老了。」

建漢的直接反應頓時讓我從激動的訴苦聲中停下來。

事情是這樣的：今天一早，有位不是很熟的朋友想與我繼續討論生命意義的敏感話題。經過與他上一次毫無結論的口水戰後，我發誓再也不跟不熟的人熬到三更半夜探討這個非常主觀的題目了。我覺得用力說服一個人去相信妳是愚蠢的。當他們願意相信時，他們自然就會相信，沒什麼好廢話。我應該為對方的認真而感激嗎？因為這位老兄在完全沒有說服我的情形下回家，他回到家還不死心，仔細地又把我說的論點溫習了一遍，我發現他的「破綻」，他今天興奮地在MSN上再次逼我延續上次的討論。

我已經看破了，所以當下就拒絕了他。我告訴他，如果我今天為了要回應他找到的疑點而解釋我的邏輯，那我就等於是不相信自己的邏輯。如果我為了要讓他瞭解我的邏輯而解釋我的邏輯的話，那我也等於背叛了我的邏輯。所以很抱歉，我不會做任何的回應了！這就好像「禪」是無法用文字形容的一樣。在《開悟的神秘與趣味》一書中，一位德國的哲學講師為了要瞭解不能用言語或是文字所撰述的「禪」，千里迢迢地跑到日本學習「箭道」，希望以行動來切入「禪」。他花了整整五年的光陰，終於瞭解什麼是心靈上的射箭：其中訓練之辛苦可以從他花了一年時間只為了做到拉弓動作看出。這位作者說：

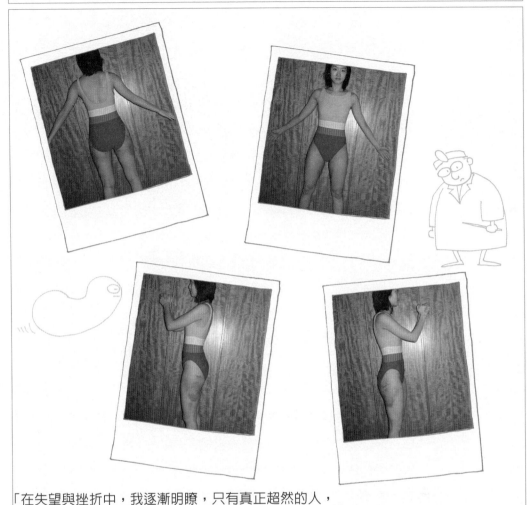

「在失望與挫折中，我逐漸明瞭，只有真正超然的人，

才能瞭解什麼是『超然』；只有那冥思的人，能完全達到空靈無我的

境界……」我瞭解他所說的，所以我不會為我的「生命的意義」做任

何註解。

於是，建漢說：「Taffi，妳老了！」頓一頓後繼續說：「因為只有

老人才懶得去與人辯解」。喔！我想我現在的心智年齡大概有47歲

吧！雖然我的瑜珈老師都說我像12歲而已。也對，老子說過：「知者

不言，言者不知。」所以我是智者，哈哈。建漢是一位智慧聰明兼備

的「文藝復興男」(Man of Renaissance)，他很健談，從養蝦到「盛世帝王學」幾乎無所不談。

他的這句：「Taffi，你老了！」提醒了我，如果我還未步入中年時就已經有了老人的智慧，那也不失為一件好事啊！
於是，我直接在MSN上封閉了那位急於想要與我辯論生命意義的老兄。Simple as that!

頓時，人生又變成彩色的了！

最近的天氣太怪了，忽冷又忽熱，蚊子多到族繁不及備載。我光是昨晚就用電蚊拍電了13隻蚊子，然後把牠們丟入垃圾桶內，再繼續抓其他的蚊子。奇怪的是，蚊子好像變得越來越多，最後我才發現，蚊子居然會裝死，趁我不注意時偷偷飛出垃圾桶，假裝什麼事都沒發生過，繼續叮我，難怪會越抓越多。我好想買一盞滅蚊燈，可是滅蚊燈晚上發出來的紫藍色光好可怕，好像日本鬼片裡的場景。

想太多了！
還是早點上床睡覺吧。

活在當下

一大早，就被電話鈴聲吵醒，本來想多睡一會兒，但是下午排了3個試鏡，加上Today is the day！生平第一本書簽約就在今天下午！

接起電話，另一頭傳來瑜珈老師John的聲音。

John打電話關心為什麼最近都沒有看到他的愛徒，順便問我星期天早上要不要去聽他演講，題目是「美感與瑜珈生活」。聊完後，距離出門的時間還早，於是我想打電話邀我的朋友們一起參加星期天的座談會。我先是打給幾個女生朋友，電話響了但是沒人接，於是try try男性友人好了，撥了美國國中同學Ricky的電話。Ricky喬治亞大學畢業後，就回台灣打拚。

Dada季宏全，是一位優秀的職業演員，曾在英國修戲劇課程。他人好好，我好喜歡他。但是他……沒說再見就走了！

「喂？」他接起電話。

「請問是Ricky嗎？」太久沒打電話了，我也不敢太隨便。

「我是Taffi啦！」我開始出場。

「我知道啊～等等，我出去講……」他壓低聲音說。

1分鐘後，「ㄟ，妳妳妳怎麼打電話來。哇～好久沒聽到妳的聲音，哇哇！」他興奮的邊哇邊說，跟剛才的聲調有大壤之別。

「沒有啊，想問你要不要星期天一起上一堂瑜珈課，那裡離我們住的地方很近喔！」我開宗明義地說。

「有沒有正妹？我朋友他們想把妹。」他突然來這一句。

「ㄜ……再見」我覺得自己好像撥錯電話了。

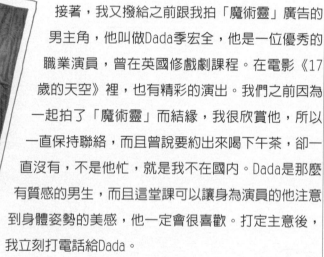

接著，我又撥給之前跟我拍「魔術靈」廣告的男主角，他叫做Dada季宏全，他是一位優秀的職業演員，曾在英國修戲劇課程。在電影《17歲的天空》裡，也有精彩的演出。我們之前因為一起拍了「魔術靈」而結緣，我很欣賞他，所以一直保持聯絡，而且曾說要約出來喝下午茶，卻一直沒有，不是他忙，就是我不在國內。Dada是那麼有質感的男生，而且這堂課可以讓身為演員的他注意到身體姿勢的美感，他一定會很喜歡。打定主意後，我立刻打電話給Dada。

電話接通了，我直接開玩笑問：

「請問是演技派的Dada，Da先生嗎？」我興奮說著。

對方沉默了一下，隨即說：「ㄜ，他不在了，我是他弟弟，請問你有什麼事嗎？」oops，尷尬了！

我連忙道歉：「啊，對不起！對不起！這隻是Dada的手機嗎？請問DADA什麼時候回來？這樣吧，我把我的電話抄給你，等Dada回來再請他打給我吧！」

「這……隻是Dada的手機沒錯，可是……」聽得出來
Dada的弟弟有點為難。

我最怕麻煩人家，於是就搶著說：「那沒關係了，他
下次上MSN的時候，我再跟他講好了，反正也不是急事
……」我真想趕快結束這段有點尷尬的談話。

「不是的，是這樣……」弟弟的聲音突然變大。我突然
有不好的預感，於是停下來聽他把話說完。
「我哥哥季宏全在15號那一天出事了，他已經過世了。」
弟弟安靜地說。
「什……什麼？」我聽到自己無力地吐出這幾個字。

「我哥哥在15號那天心臟病突發過世……」弟弟補充
說。

我的鼻子突然變得好酸，眼淚開始在眼眶裡打轉，
我用含糊的語氣說：「我……我是之前跟他拍
『魔術靈』廣告的女生，我叫做Taffi，你哥哥
……Dada他說要出來喝下午茶，結果一直沒有……」我
完全不知道我在講什麼。
「Dada他人好好，我好喜歡他，我……我……」。
對方傳來的聲音帶著感傷：「哥哥，哥哥他的朋友都說

哥哥生前人好好，好像天使一樣……」弟弟也開始難過。悲傷的情緒
是會傳染的，於是我哭得更放肆：「那……我要參加Dada的追悼會，
還是你們已經辦過了？」我傷心地問。
「還沒，我們準備在4月中舉辦。」
「那我可不可以來參加……」
「只要是Dada的好朋友，我們都歡迎……」弟弟哽咽著。

掛了電話，我哭得更用力。

我沒有活在當下，我沒有把握住每個與朋友相處的機會。
我沒有去盡我所能地維繫身邊的友情、親情。
我沒有。

或許，Dada也想要我去參加他的追思會吧，所以我才會撥起那通電
話。

Dada請你告訴我天堂像什麼。希望你安息後也能被一卡車既性感又辣
的猛男天使圍繞。

Dada, tell me what does heaven look like.
May you rest in peace and follow by truck loads of sexy-hot-stud -
muffin Angels.

瑜珈精神vs.抽脂

瑜珈老師John對於我抽脂非常不以為然。他認為抽脂是不自然的,它違反了瑜珈最重要的精神之一:相信自己的身體。John深信瑜珈可以讓身心靈結合,瑜珈可以使身體回歸到最自然的線條與健康,瑜珈可以使身心靈達到一種與自然結合的境界,瑜珈會讓你真實地感受到自己身體存在,並且與它對話,瑜珈會讓你更珍惜自己的身體。

以抽脂快速達到改變體型的效果,基本上是完全不符合瑜珈精神,因為這個行為是侵入性的,它也代表著我不相信我的身體可以靠著自己的力量來恢復到自己應有的體型。所以瑜珈與抽脂在本質上互相衝突。

一開始聽到瑜珈老師這麼說,我的心裡其實滿難過,因為我是真心相信瑜珈,也認為世界上沒有一種運動可以像瑜珈一樣,讓身心靈結合,讓我complete。也就是因為真的很相信瑜珈,所以當老師說抽脂的行為是不瑜珈的,我會困惑,我甚至對自己之前的邏輯產生疑問,難道我之前都是在自欺欺人嗎?

經過不斷地反覆思考與分析,我想通了,我從來都不認為上瑜珈課是為了要身材美觀而上。我喜歡上瑜珈課是因為我喜歡與身體對話的感覺,我享受每一刻瑜珈帶給我視覺、聽覺、身體上的感受,我更發現原來幾個簡單的瑜珈動作可以讓肢體的形態變得那麼美。但是我從沒有因為想要瘦身或者減肥而上瑜珈。把抽脂與瑜珈精神劃上等號其實是不正確的。我更認為因為抽脂而否定自己之前建立的瑜珈信念是愚

蠢的。

瑜珈是一種生活態度、一種精神。抽脂是因為要符合我工作上的審美觀,以及自我要求所做的決定。在整個過程裡,我沒有不相信自己的身體,我認為這些多餘的脂肪是可以靠運動以及飲食慢慢調整,但是一方面我又十分實際,我知道在短期內是不可能看到效果的。抽脂的決定在我內心並沒有牴觸到我的瑜珈精神。

就好比到山頂看風景,有人只想看到山上的風景,於是便開車到山頂,路程比爬山快,但是沿途的美景卻無法細細欣賞,也呼吸不到新鮮空氣;有人會想選擇爬山的方式到達山頂,邊爬山可以邊欣賞沿途美景和呼吸新鮮空氣,雖然累一點,但是過程卻對身體有益,讓心情放鬆。抽脂好比選擇開車上山的人,有著時間的壓力所以

選擇開車。我今年25歲了,雖然我不認為自己
老,但在一個只看年齡、身材的圈子裡工作,
我必須調整自己的心態和體態來面對各種不同的挑戰。

瑜珈是件好事,抽脂不是壞事。愛美不是壞事,但是有想法的愛美會
讓美這件事更有說服力!瑜珈老師的話讓我更能清楚看到自己對於事
業的決心。我熱愛表演事業更甚於愛美,也因為這樣,我願意抽脂,
做出如此疼痛的付出。

我唯一感到抱歉的是我的身體。看到我的身體受這麼多的苦,我發誓
以後我會好好地對待它,讓它吃健康的食物、聽舒服的音樂、看好看
的風景、吹自然的風、呼吸新鮮的空氣、喝乾淨的水。

手持燈泡的千手觀音

相信嗎？這兩天來我一共去了7個試鏡。

朋友們都覺得拍廣告很好賺，其實不然。一開始，經紀人會發給妳試鏡的通告，身為model，我們就得在試鏡日打扮成廣告中需要的感覺，如果是OL的話，就要穿成白襯衫和窄裙；如果扮媽媽，就穿7分褲與針織衫，如果是洗面乳廣告，就要穿細肩帶小可愛，才能拍到脖子以下的皮膚。很多人都誤以為我只要大搖大擺走進試鏡的場地，自然就有人幫我化妝穿衣服。其實試鏡的過程裡，化妝與服裝到交通都是model自己得打理好！

通常試鏡的地點會在廣告製作公司裡，但也有少數的試鏡公司會有專門試鏡的場地。試鏡時間大概是2天至3天，model們可以選擇在這2、3天內的指定時段去試鏡。

試鏡到被選上的過程很競爭。選角的Casting一開始就要在30至60位model裡篩選。篩選出5至7位感覺OK的model，再把這幾位model的資料送給製作公司與導演開會討論。導演會把幾個認為不適合的model踢掉，然後再把挑出來的Model選出來與廣告公司開會，這時可能只剩下3至4位model、經過廣告公司再次篩選，最後以2選1的方式交給客戶做決定，因為客戶是出錢的老大。

如果老大對於兩位model候選人都不滿意，或者
是下不了決定，那Casting可能要重新再試鏡一
次，整個過程就得重來。

我不知道別的model的狀況如何，就我自己而
言，我通常都是最後一關被客戶刷下來。但是我
很少take it personally，也就是說我很少認為
是自己條件不好而沒被選上，我都覺得是因為客
戶的審美觀、需求、感覺與我的型不符。之前一
位Casting前輩跟我說，如果試10支廣告中了其1
支，就算是高產量的model了。想想看，若是我
屢試不中，那對自信心不就是很大的damage嘛！
後來我就想開了，得失心變得沒有那麼重了。

以上就是模特兒在拍廣告的前置作業。

模特兒試鏡的時候有兩樣東西很重要：
一是皮膚，二是自信。

有自信的model試鏡時，通常皮膚是發光的。今
天我就感覺自己在發光發亮。感覺自己好像是千
手觀音，每隻手上都拿著100燭光的電燈泡。

順利試完一連串的鏡，我與經紀人約在附近的咖啡廳簽合約。

看著厚厚的一本出版公司與我之間的出書合約，我才知道，原來每個作家都得經歷簽約這個手續，而我正在做同一件事。不知道是不是因為我是金牛座，又貪小便宜的關係，整張合約我最在意等書正式印刷後，可以得到10本免費的公關書，再多就沒有了，要自己掏腰包買。

合約對於我來說，是一疊厚厚的紙，上面寫滿字，我必須做的事是在名字旁蓋印章。蓋印章真是一個學問，經紀人特別叮嚀我要蓋好一點。面對著眼前這一疊對我意義重大的紙，雙手不禁開始抽搐。右手緊緊握著我的印章，經紀人看見我青筋漲起的手，就幫我解圍說：「要不要我幫妳蓋章？」我連忙說：「那是再好也不過了！」我的臉頓時脹紅了。小朋友都可能蓋得比我好，為了化解我的尷尬；我趕

緊說：「經紀人，妳用過的印泥可能比我吃過的口紅還多，妳一定會蓋得很專業。」

我的專長是，隨身攜帶小板凳給自己台階下！哈哈哈！

合約正式生效，我的目標也更明確了。

回顧一年前，我真的跨出了好多個一大步，可能因為腿比較短的關係，這一段路顯得特別長。

我要謝謝身邊陪我走過這一段路的人，特別是我的經紀人惠玲姊，她給我的鼓勵與耐心不是一般人做得到的。我必須很誠實地說，因為自我要求過高，我並不被歸類為「好搞」類型的人。這一年內，惠玲姊不時扮演著心理輔導師，在我被多次退件的情況下不停為我做心理建設，增加信心。在我快要放棄自己及對她產生懷疑時，她都沒有放棄我。

我相信老天會眷顧好人，而我更希望不久的將來，可以在喝下午茶時，搶著幫惠玲姊買單，有很多機會請她吃飯。

131

美感之美

我承認,我是那種去美術館時會假裝在一幅畫面前站立許久,心中其實焦急地盼望著自己會突然看懂畫中含意的狀況外人。我喜歡看美的事物,尤其是對古董,從小到大就有一種說不出的親切感,但是,卻無法清楚指出美在哪裡,更甭說分析它的美了。

我對於藝術的懵懂,終於在今天下午瑜珈老師John的「美感之美」講座裡得到一些啓蒙。有趣的是在John的講座裡,他指出在他接觸舞蹈、古董家具、瑜珈這幾十年的過程中,他發現了美的標準。他發現這些美感都與大自然的線條相連結,在視覺上呈現出舒服的感覺,也因此可以成為永恆的藝術品。

John不但是一位專業的瑜珈老師,同時也是亞細亞佳古美術、台北故宮的藝術顧問。我認為他可以算是現代的「文藝復興男」(Man of Renaissance)。

簡短的兩個小時內,John介紹了中國古典家具的八大主要美感,分別是簡單、流暢、活力、陰陽協調、樸拙、圓潤、飽滿、大方。

我對於「樸拙」這類的美感特別有感覺。尤其是那種經過歲月洗禮後出現的斑駁美感。難怪我那麼喜歡收集古董衣、古董鞋,還有古董包

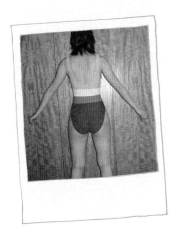  

包。我認為有些古董能夠保存至今完全是因為當初製作的人將自己對於美的直覺與精神自然流露在作品中,也因為用心,所以歷久彌新。

當John提到圓潤的美時,我不禁有點汗顏。老實說,我開始瞭解為什麼John之前對我抽脂一事不以為然了。他相信圓潤也是一種禁得起時間考驗的美。或許當下的審美觀是走骨感路線,但是很有可能20年後再來回顧現在的審美觀,大家會覺得很sick,很噁心、很詫異,就好比我們看非洲長頸族的婦女,脖子上套著一圈圈的金項圈,硬是把自己的脖子拉到兩倍長才算美時的錯愕。這時我突然感覺屁股痠痠痛痛的,我是很耐坐的,通常可以坐4、5個小時而不喊痠,怎麼屁股在這時會痠?這才想起來,我以前自備的人體Cushion「苦熊」已經在月初的時候被抽掉了。難怪坐不久。

完了!我現在認識了「美感」,我的自我要求也會越來越朝這個方向邁進。

但要如何瘦得珠圓玉潤成了我的新課題。真是一波未平一波又起啊。

Hmm，最近要開始找新的兼職工作，有了新工作，就可以做瑜珈，就可以朝著珠圓玉潤邁進，讓臀部的美感變成一種永恆⋯⋯白癡，我在說什麼啊！培根曾說過「美有如夏天的水果，容易腐爛而不持久。」我想他對於美的經歷大概是比一般人滄桑吧。

如果活在過去是愚蠢的，活在未來是不切實際的，那就只有活在當下才是最實在的。我是一個很有夢想但是又很實際的人，也因為如此，性格造成命運，我認了！

請叫我仙女Taffi

抽脂手術已經過20天了，等於我almost三個禮拜沒做運動了。一大早起床，換上瑜珈服，我懷著既陌生又興奮的心情步行到瑜珈教室。一進門就看到John在打坐，我也安靜地拿出瑜珈軟墊，慢慢鋪平在木質地板上，開始靜坐。清晨的空氣很brisk，有時會有一陣舒適的微風穿透大廳。不久其他學生陸續進教室了，大家各自拿出瑜珈墊，鋪平，開始靜坐。偶爾會聽到風鈴發出的撞擊聲，配合著微風與心靈音樂，啊！我真的很享受這一刻的寧靜感。

大家到齊後，老師開始帶著我們做呼吸動作。今天上的是高級班的柔軟瑜珈課。瑜珈分很多種，我們練的Hatha Yoga是訓練力量與柔軟度。早上的課都是強力瑜珈，是屬於高級班的課程，我稱它為神仙班。因為來上神仙班的人，基本上都是瑜珈狂人yoga fre-natics，一周上課五天，有些人更瘋狂，才上完瑜珈課，又跑去健身房做重量訓練。我還不夠資格上神仙班，但是，我的個性是喜歡湊熱鬧，還有，上神仙班的學生，不管男女老幼身材都是一級棒，在視覺上是一大享受。

我愛做瑜珈，因為它讓我看到我自己肢體上的美。女人的身體是很美很美的，我指的美並不是那種胸大屁股翹的外在美；瑜珈的肢體美是在於當你達到一種程度時，你會發現，你的柔軟度和肢體線條會產生出一種難以用言語形容的張力。這時

候看見鏡子裡的你，臉上微微冒汗，呼吸深卻不急促，再加上身體的張力，突然間，時間會停止，你的目光將離不開鏡子裡自己的反射，那一刻，真的好美。

我想這大概就是自戀吧。

平時我很怕上強力瑜珈，因為很多時候都是強調力量，我必須和神仙班的同學一起做出類似像倒立、單手支撐身體的不可能任務。我很早就發現我真的是一個沒什麼力氣可言的Whimp（俗辣），但是，比起力量訓練，我必須承認柔軟度是我的強項。在今天的瑜珈課裡，我做到一個連很多神仙班的男生都做不到的柔軟姿勢。
當我做到的那一刻，我看著鏡子裡的自己，心中不經意地出現了以下的OS：
「天啊！原來我是仙女！」

事後轉述給友人，大概是平時太幽默了，大家都以為我在開玩笑。但

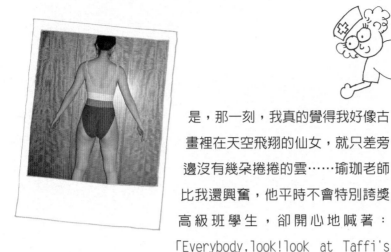

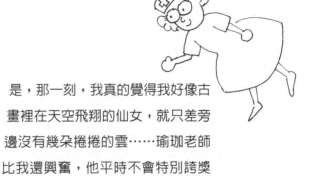

是，那一刻，我真的覺得我好像古畫裡在天空飛翔的仙女，就只差旁邊沒有幾朵捲捲的雲……瑜珈老師比我還興奮，他平時不會特別誇獎高級班學生，卻開心地喊著：「Everybody,look!look at Taffi's straight angle at her leg, and her curved body, look how beautiful it is!!!」（大家快點來看Taffi，瞧她的腳呈直角角度和她身體的弧度，瞧這姿勢擺得多美啊！）

老實說，我每次都很享受上完瑜珈課後身體帶給我的感覺。你會發覺你的身體會跟你說謝謝。很多人利用瑜珈達到瘦身目的，但是在接觸瑜珈後，他們會發現，在身體之外還有更多尚未開發的美，像是心靈上的美。

瑜珈老師說做瑜珈的人不容易老化，我完全贊成！

經過抽脂這種身體上的大Truma創傷後，做瑜珈會比任何一種形式的pamper呵護，例如按摩、SPA都來得好。

令我更開心的是，最近接到一支廣告，賺的錢剛好讓我付瑜珈課的費用！

137

感覺老天還是疼惜我的，誰叫我是仙女嘛！

笑話一則

大概是因為昨天的柔軟度瑜珈課太成功了，所以今天全身痠痛。沒錯！這正是太久沒運動的下場！晚上興沖沖跑去烏來洗溫泉，在途中，我竟然發明了一個我自己覺得非常好笑的笑話。

請記住，版權所有，翻印必究！
請問：白雪公主與白馬王子在歷經幾番波折後，生下的小孩子叫做什麼名字？

答案：白癡。
因為白雪公主與白馬王子是近親聯姻（都姓白），所以生下來的小孩叫白癡。

哈哈哈哈！

這是我自創的original冷笑話。小時候我總
是很敬佩那些自己發明笑話的人，但是這些
笑話的創始人總是一些無名氏。為什麼這些
無名氏都不敢站出來承認他們自己的作品？
以前很喜歡看的笑話都是從漫畫裡看到的，
分別是王澤的《老夫子》和蕭言中的《童話
短路》。他們的邏輯真的跟一般人不太一樣。
大概是受了他們的影響，難怪媽媽以前都認
為我是個怪小孩。其實我只是看事情的角度
與她不太一樣罷了！

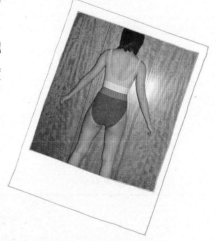

裝可愛與沒人愛

為什麼女生要裝可愛才會有人看？才會有人愛？為什麼女生不能做自己，然後同時也有人愛？不要誤會我的意思，我並不是在嘲笑那些以年輕可愛為外在呈現主軸的女生，因為基本上，本人也是Queen of 裝可愛的佼佼者之一。

我只是在迷惑，為什麼裝可愛才有人會喜歡？為什麼一般人會覺得可愛的女生比較好親近？女人確實有很多面，有理智的一面、有溫柔的一面、有成熟的一面、有比實際年齡低的一面，有在她們喜歡的人面前的一面，當然，也有在她們不喜歡的人面前的那一面。所以有人說過：「女人，疼她們，不要去懂她們。」女人真的是很complex的動物！

我認識一個女生，私底下她有點早熟，帶點滄桑的味道，當你看見她

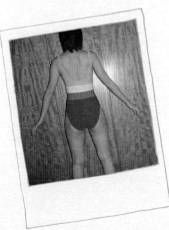

抽菸吐霧的神情，絕對想不到她的事業就是裝可愛，而且事業還做得滿大的。當然，這種反差程度不是一般人能夠想像的。我們是不是除了對於外在體態有著嚴苛的標準，對於外在的態度，也有一定的模式得去Follow？

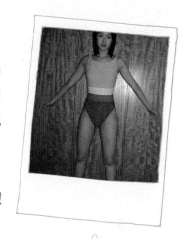

那麼，我們面對的「她」是真正的「她」嗎？還是我們看到的只是我們想要看到的「她」？

或許，我們在面對任何人時，都像在面對一面鏡子，我們看到的是自身的反射。因為自我意識太強了，所以沒有辦法看到對方的原形。於是，我們錯過了很多很精彩的人，一些有可能在你生命中留下美麗足跡的人。

或許這本書可以稍微彌補我的抽脂行為吧。大家可以看到真正的我，因為它會透露我最真實、最矛盾的心情，而不只是慘不忍睹的瘀青，或是疼痛後的美麗。

台語迷思

上周去試鏡的 7 支廣告，全軍覆沒。

沒關係，這一行就是這個樣子，越挫越勇，沒什麼好廢話。不過我真的滿想知道沒有被選上的原因。我真是個怪人，我願意接受別人當面的批評，卻很害怕去面對電視上的自己。每次看到自己演的廣告，我下意識就想轉台，屢試不爽。

今天再接再厲跑去內湖試一支廣告，去之前打聽過了，又是演媽媽的角色。因為是導演指定要看我，所以即使遠在鵝鑾鼻，我也得出席。到達目的地，選角 casting 拿了腳本給我看，然後丟下一句：「你先看一下腳本，台詞有點多，可是還是得背起來喔！」就跑去繼續幫其他人試鏡。最近剛背完《羅密歐與茱麗葉》的樓台會，當然覺得這只是一塊小蛋糕 (piece of cake)，小意思！

台詞是這麼寫的：
**想要吃百貳，就要天天吃，
唯一有國家掛保證的，XX陽光低脂高纖豆漿。**

什麼是「百貳」啊？我心中納悶了。但環顧四

周，身邊沒有其他人可問，於是也管不了那麼多了，先全部背起來再說。

我開始大聲用各種不同的聲音表情不停重複這4句台詞。大約過了10分鐘後，選角突然不知道從哪裡冒出來，用他更高分貝的聲音壓過正在朗誦的我，「永昕，第一句是台語，熊北甲罷哩，意思是想要吃到120歲啦！要用台語啦！」

Waley！我的台語並不輪轉，還經常鬧笑話。但是這不會打擊我，我不會失去信心。很久以前，經紀人惠玲姊曾經帶我去拜訪某家電視台製作部門的主管，這些主管看到我的第一句話就是問：「妳會不會說台語？」只懂得在一旁傻笑的我，除了傻笑，還是傻笑，當然，是很尷尬地傻笑。

我真的不會說台語啊！家裡沒電視，朋友都以英語、國語為主；我長住美國鄉下，連東方人都很少見了，更何況是學台語。這時惠玲姊連忙幫我解圍：「伊系米國鄧來唉，像ABC啦，台語比較不會講。」大家聽到我不會說台語，就都很惋惜的：「歐～～～」然後就各自走開，留下面紅耳赤的我和尷尬的惠玲姊。

語言對我來說不只是一種溝通工具；不管任何一種語言，在背後總是蘊藏著一個國家，或者一個種族的精神與文化。台灣有非常多層次的文化層面。每一層都有它的精神與精髓，每一層都需要被保存與吸收，我想生活在這個文化富裕的體系裡，台灣人算是非常幸福的！

抽脂的部位好像都沒有明顯改變，我開始擔心屁股與大腿並沒有預期中「屁股是屁股，大腿是大腿」的曲線。我問過醫生，醫生說再觀察一個月，現在雖然瘀青已經消了，但是皮膚內層的傷口還是很大，只是肉眼看不到。也是啦！到目前為止，我的抽脂部位還是會隱隱作痛。雖然是可以忍受的程度，但還是不舒服啊！

我好期待完全康復那天的到來。

144

錯怪了我的屁股

今天與朋友在連鎖咖啡店裡聊天，從下午3點半天南地北地聊到晚上9點。3個人的精神一直持續在亢奮的狀態下，整間店都是我們的聲音。我想，只有很投緣的朋友才能這樣你一句我一句地聊個沒完吧！從最近的生活趣事到工作壓力，到鬍子應該怎麼修才好看，到憂鬱症的前兆，到世界末日來臨時要如何自處；別人是春蠶到死絲方盡，我們則是話多到死唾方盡，口水好像永遠都用不完。

當我們聊到最近的工作時，我嘆一口氣，無奈地說：「以為抽完脂之後就不用演媽媽的角色了，可是找我演媽媽的case還是四面八方湧來，why？why？why？我也很想演少女啊！可是每次試鏡都選不上少女的角色～嗚～～」

旁邊一位朋友很為我抱不平，覺得我看起來明明年齡很小，怎麼會一直被找去演媽媽。對我來說，這真是本世紀最大的question之一！接著我們轉換話題，開始聊如何用眼神殺死人。我把自己最新一次用眼神代替語言的事蹟說出來與大家分享，內容不外乎是我如何運用令人膽顫心驚的眼神，讓想來搭訕的白目登徒子羞愧知難而退。在表演中，電光石火間，我突然找到長久以來困擾我的問題的答案了。

或許我一直被找去演媽媽的原因，不是因為我的臀部，而是因為我的眼神！

如果真是這樣，那我不是白抽脂了？

當初抽脂的最大動機是因為源源不絕的媽媽廣告約，以為與上半身比例不均勻的屁股是罪魁禍首。但是，今天我突然悟道了，我似乎錯了！

我或許可以裝可愛、裝娃娃聲、裝言語幼稚，但是唯一騙不了人的是我的眼神。我的眼神已經不自覺透露出超齡成熟的訊息了嗎？還是因為我的演技不夠純熟，演不出少女的感覺？

我是否錯怪了我的屁股？

Jesus！我需要一點時間來消化這個非常諷刺的新發現。

Damn it！

你也心疼嗎？

為了避開人潮，我趁著清明假期前一天去給爸爸掃墓。

爸爸的墓地位於新店的一座山上，聽媽媽說這塊墓地是爸爸生前自己親自挑選的，那個時候大概還不流行靈骨塔吧。

我很小的時候經歷父親早逝的遺憾。

很清楚地記得，放學回家後看到家中人好多，他們臉上的表情寫滿了悲傷。

但是我卻不懂他們傷心什麼，爸爸走了，在我小小的心裡好像是一個已經計畫好的行程，所以爸爸走了。一直到爸爸的告別式，我一滴眼淚都沒有流。

在大人眼裡，我表現得十分堅強。其實，他們都不懂，實際上我根本不知道要用哪一種表情哪一種心情去反應這件事情。

好像一個小嬰兒看到蟑螂，他根本不會表達恐懼或是感到威脅。

幾個星期後，我再度回到學校上課。我永遠都不會忘記，在靜默的午休時間，老師突然出聲了：「我們都知道張同學最近沒有上課，可是大家不知道的是，她的爸爸過世了」。

剎那間，全班的目光突然全集中到我這兒，老實說，我真的有點不知所措，這種無意識的關心，讓我突然覺得很有壓力也很難為情。

但是，我覺得我必須表示些什麼來讓我的觀眾們滿意，於是，我放聲

大哭。不是因為爸爸走了而哭,是因為我的自尊心很強,不習慣大家同情的眼神。

大家看到我哭完後,大概也都認為這是應該的。那年,我7歲。從此以後,我學會了家人過世時一般人應有的反應。

今天風和日麗,所以掃墓時的氣氛十分peaceful。

我買了一大堆吃的東西,給爸爸和我一起野餐。除此之外,我還孝敬土地公一疊祂們才用得到的貨幣。在拜土地公時,我的頭腦一片空白,完全不知道要跟祂聊什麼,感覺很不熟,可是偏偏要裝得很熟,於是,我嘴裡胡亂祈求著風調雨順、國泰民安。我不瞭解,為什麼我們看到神明都得祈求一些東西?為什麼不跟土地公說:「Hello,土地公,我希望你最近不要太操勞,好好照顧身體。」我在很久以前就放棄祈求神明這回事了。不知道是因為神明太忙,還是我

的願望太難實現，眼前我只想要肥肉在我的屁股與大
腿上少幾吋，that's all！

最後我才發現，原來自己可以做自己的神。只不過
用最快速的方式達到目的，會導致錢包長期呈現真
空狀態。

後來我開始燒紙錢。想到爸爸在地下那台車子應該快二十年囉，不知
道還能不能開？當初燒的女傭，應該也老了，在美國這幾年都沒有給
爸爸燒紙錢，不知道他怎麼支付女傭的薪水？唉！沒想到，人死後還
要遵守那麼多繁複的規則。我想當初沒有給他燒這些文明產物，或許
爸爸在天堂會活得比較不麻煩。

我想，如果我死了，我大概會把我能捐贈的器官捐一捐，然後把剩下
不能回收的燒成骨灰，灑入大海裡。以前在美國申請駕照時都會問要
不要成為organ doner（器官捐贈人）。我剛考到駕照時，填了
「yes」，回家後興奮地跟媽媽說我的偉大的事蹟，沒想到被媽媽劈頭
一陣罵，好像我明天就會出事一樣。我想父母都是有私心的吧！都捨
不得看到子女身上少一塊肉，就算是沒有生命跡象了也一樣。

我猜媽媽　定很心疼我抽脂時所吃的苦。

看著爸爸的照片，我心裡悄悄地問：「爸爸，你心不心疼？」

假笑的屁股

啊～天氣好熱！

好加在當初抽脂手術時天氣是乾乾冷冷的，不然我實在沒辦法想像行動不便躺在床上邊流汗、邊噴生理食鹽血水的慘痛景象。

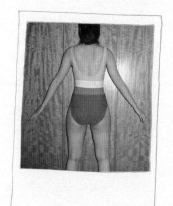

不知道為什麼，距離抽脂快1個月了，可是我大腿的腿圍都沒有變小，醫生說要在第2個月才會看到效果。其實我現在比較不擔心抽脂部位沒有變瘦，我相信總有一天它們會變瘦，但是我有點擔心我的屁股。

我的屁股之前因為囤積的脂肪太多，有點下垂現象，所以我把屁股的脂肪抽掉了一些。抽完後我的屁股明顯變小了，可是還是有肉，這不打緊，因為屁股還是要有肉才好看。但是很不幸的，因為屁股變小了，大腿沒有明顯變小，所以視覺上屁股與大腿是呈一直線狀態，看起來是平平扁扁的，沒有所謂的屁股是屁股、腿是腿的視覺效果，更沒有傳說中的「微笑」曲線。當初應該要把臀部與大腿連接的那一塊一起抽掉，這樣子屁股與大腿才不會像現在一樣是連起來的，形成一個「假笑」。

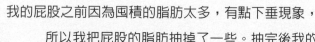

天下實在沒有不勞而獲的事，抽脂只是讓人在短時間內脂肪變少，真正漂亮又自然的身材曲線還是得靠做運動來塑造。

喔，好熱喔！熱到我覺得可以在房間裡做「熱瑜珈」了。聽瑜珈老師說，他去年教了連續一個禮拜的熱瑜珈課，結果那個禮拜大家都瘦了至少3公斤。我認為每個人都應該去試試瑜珈。當你真正接觸到瑜珈時，你會發現，它沒有想像中困難。而且瑜珈老師的專業程度很重要，老師說他一年要出國好多次去參加各種不同的瑜珈講座、研習營，除此之外，他深信瑜珈是一種生活態度。

老師傳給我的瑜珈知識告訴我其實把身體扳來扭去只是瑜珈的一小部分，真正把瑜珈當作一種生活態度來看待的人，會在食衣住行中實踐瑜珈精神。說真的，實在很開心能夠在我這個年紀就接觸到瑜珈，把很多我不知道的感官本能再度打開。

剛接觸瑜珈時，我會很興奮告訴身邊的朋友，瑜珈多麼好又多麼好，對身體是多麼棒，後來發現，身邊朋友的反應都很冷淡。大家都太忙碌了，忙著逛街、唱歌、喝酒。後來我

漸漸瞭解，每個人的機緣不一，目前不想
學瑜珈的人，大概也是因為緣分還沒到，
所以我再怎麼宣傳都沒有用。瑜珈老師還
有開課給小朋友，他認為人在剛出生到成
年前的階段，許多的感官本能都是打開
的，但是年齡越大，會跟隨科技力量而漸
漸遺忘了自己的本能。像憑嗅覺來辨別食
物好壞的本能、專注力、筋骨的靈活度…
…你記得上一次跳上跳下是什麼時候嗎？
瑜珈的作用是喚醒人們這些早就已經被遺
忘的身體與心理上的功能，努力一點，瑜
珈甚至可以讓人們開啟靈性。

雖然老師口口聲聲說瑜珈不是用來減肥，
可是事實上，每一位師資班的學生，他們
的身材都像鬼斧神工的藝術品。這些神仙
班的學生每週都至少上3次課。我想我得開
始密集地去上瑜珈課了，除了在心與靈的
層面上得到滿足，順便、**順便**讓自己的
身體回復到最原貌的線條，以及讓假笑的
屁股也可以與主人在做瑜珈時一般，露出
發自內心的微笑。

Learning process

我確定自己不是美女級的女生。

昨天拍攝雜誌平面的過程中，我經歷了外在自信心上的挫敗。

其實，當雜誌平面的model對一個把自己定位在廣告演員的model而言，是一件很殘酷的事。雜誌平面拍的是皮相、外在的美。它的功能是如何讓雜誌讀者們在閱讀雜誌時，對自己開始有美的憧憬和幻想。你不能說它不好，因為它真的達到了賞心悅目的功用。雜誌model，尤其是少女雜誌，需要天真、活潑、年輕、有力、可愛及身材纖細。我完全沒有達到以上的標準。瞪著剛拍出來的拍立得，我才發現，自己根本是一個熟女。我的五官雖然視覺上不顯老，但是眼神過度成熟讓我在拍少女雜誌時會被嫌棄到不行。

要我裝得像心智不成熟，就好像要一位16歲的少女去演中年媽媽一樣尷尬。再者，拍平面廣告時，不需要運用到動態演技，想要抓到一個美麗自然又可以永恆的表情，除了model夠專業，其實攝影師也需要一些luck。平時習慣用很多肢體語言的我，在這種靜態攝影的狀態下，有如誤闖到沙漠裡的一隻金魚，呼吸都困難了，表情更是僵到極致；尤其是要我裝出害羞又撒嬌的表情時，連我自己都覺得好怪。除此之外，我那可憐跟著我一輩子的胎毛、牙齒都被挑出來評論。在拍全身照時，攝影師突然不拍了，他告訴雜誌編輯，問題出在我的腿上，我的腿部實在不符合纖瘦的標準。　他在說這件事情時，彷彿我是一個不存在的擺飾品。我當下十分尷尬，我能怎麼辦？把腿鋸掉

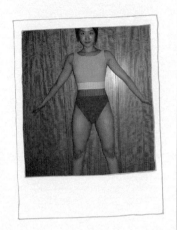

嗎？我不認為雜誌會出一篇殘障美妝的專題！後來雜誌編輯連忙在一旁保證：「沒關係，可以用電腦修！」攝影師才願意拾起相機繼續拍我這位看似超重又超齡的model。

我現在明白我為什麼之前那麼不能適應裝可愛、裝活潑，因為我根本就不是一個可愛的人。我的強項還是在於做自己。唯有做我自己，我才可以把屬於自己的美發揮到淋漓盡致。這好比在美國讀資訊管理時，我一直處在一個很沒有自信心的狀態中。對於電腦，我根本一點興趣都沒有，聽課時完全不知所以然，同學與教授討論的時候，我也完全不能進入狀況。

就這樣，我一頭霧水度過了兩年半沒自信的資訊管理生涯。那個時候，我走路都是駝著背，講話時眼神也不敢自信直視對方的眼睛，然後可憐的我常常希望能從買LV包包中找回一點自信。這個很糟糕的情況一直持續到我回台灣接觸表演工作後才終止。我才發現，我找到自己了！對於自己有興趣的事，我會非常執著且專注地對待它。我願意去接受更高難度的挑戰、而且我認為失敗的經驗也是有價值的。管它腿粗不粗、牙黃不黃、胎毛多不多，如果我的自信心是建築在這些外在條件下，那我也太令自己失望了。

再美麗的容顏都會老去，再好的身材，過了25歲生長激素的巔峰期

後，也會開始不知不覺地囤積脂肪。我希望90％的自信心是來自於我
的智慧，5％是來自於別人的肯定，最後的5％是來自於外在的樣子。
我也希望我能夠很灑脫地穿雙拖鞋，手上拎著紅白相間的塑膠袋就自
信滿滿出門逛大街。因為我知道，外在賦予我的自信心是有所謂的
「有效期限」，我會擔心它什麼時候會消失。發自內心的自信，就好像
家人給你的關懷一樣，你知道他們一直都會在那裡，they will be
there。

拍少女雜誌的過程雖然不能納入我最愉快的工作經驗之一，但是卻讓
我更看清楚自己的德行，進而瞭解自己。

I should suck it up and deal with it; It is the
learning process indeed.

回溯太妃頭精神

已經寫了一個月的日記。剛下筆時，我一直不確定要表達的message，我也不認為抽脂會抽出心靈層面的啟示。我只是想單純敘述一段抽脂的過程。從一開始的找資料、找資金、找醫生到最後的找自己，我發現心理的轉變早已經遠遠超出外觀的變化了。

這個變化在昨天我毅然決然打電話給髮型設計師，告訴他我要把頭髮剪掉時，表露無遺。我的髮型設計師嚇了一跳，他知道我為了拍廣

告，已經留了快2年清湯掛麵的直髮。其實我的頭髮根本是捲的！我的自然捲嚴重到怎麼燙都燙不直，就連去算命，算命師的第一句話都是：「嗯，你的毛髮特異，命盤上是這麼顯示的……」我的設計師給我的離子燙保固期是從走出了他們的店門口到他們店的巷子盡頭。自然捲就算了，我的自然捲是屬於毛躁、只捲髮根的雜怪捲。我只要稍微流汗，髮根立刻捲縮起來，像是戴著一頂壞掉的假髮。今天，我告訴我的髮型設計師，我不要再離子燙了，請他就我現在的捲度剪出一個型。我決心

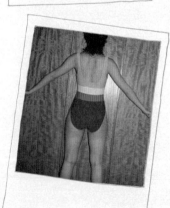

要做我自己了！我本來就是捲髮，幹麼一直偽裝成直髮？老天給我一頭捲髮，一定有祂的用意。不做自己的代價就是一個半月燙一次離子燙，面無表情地從白天坐到晚上，燙完髮，兩天內頭髮不能碰水。好好做人就好了嘛，為什麼要把自己弄得這麼累呢？

剪完頭髮，我看到鏡子裡反射的自己，我笑了。這是我

從未嘗試過的造型,很龐克,而且越亂越有型,越亂越自信。讓我最興奮的是:我終於走出直髮的迷思了! 這是我真正開始做自己的一個milestone(里程碑)。

回到最初的問題:Is beauty really skin deep?對於美,或許真的只有皮膚那麼的淺,或者以現代審美標準我們也可以把skin deep改成fat layer deep(脂肪層厚)。所以這麼說吧!Is beauty only fat layer deep?

我對於美的認知已經超越不管是fat layer deep還是skin deep了。最初對自己熱愛的事業所存在的不安全感成為我抽脂的原動力。我不能說抽脂不好,因為是它讓我找到我自己,從寫作中分析自己,就好像Guevara的摩托車日記。日記的一開始,他並沒有懷著革命的理想,他只是單純騎著摩托車去看世界;但是當他開始從文明走到貧窮落後的國家時,他目睹了種種社會上的不平,因此也引導出他更深層的思考,引發了他的革命基因。

當我看完Guevara的摩托車日記時,我舒了一口氣。他用很簡單的文字拼出了一幅震撼人心的圖畫。雖然出版社與惠玲姊都不斷給我精神上的支持,但畢竟我的中文程度連國小都沒畢業,還是很擔心我的日記會因為我的國文程度而無法表達出我想要表達的意義。

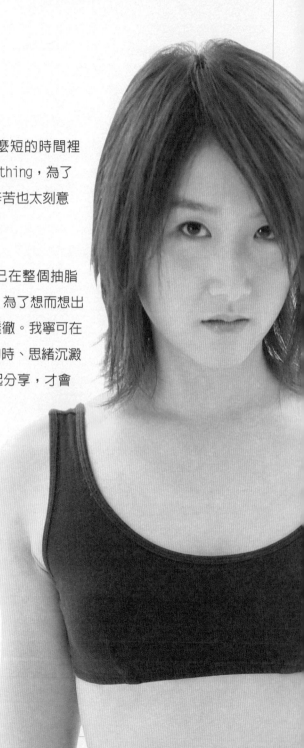

我不想強迫自己在這麼短的時間裡
come out with something，為了
想結論而找結論是太辛苦也太刻意
了。

最重要的是當我問自己在整個抽脂
過程中學習到什麼時，為了想而想出
來的結論不一定是最透徹。我寧可在
真正的體悟到其中精神時、思緒沉澱
明晰時，再和大家一起分享，才會
比較踏實。

但是我很確定一
件事情：美與醜
統統都是由自己
裁定的。在做瑜
珈時，我覺得我很
美；剛洗完澡時，
鏡子裡的反射讓我
覺得自己很美；當
我侃侃而談自己的
觀念想法時，我也

認為我散發著自信美。

抽脂至少讓我瞭解到了一件事，其實我不需要動手術，我也可以很美。這樣說吧，如果沒有抽脂，我可能心裡會有一塊未知的小遺憾。這個小遺憾會在我失意時、遭受挫折時偷偷地跑出來，然後開始擴大，腐蝕我的自信心；在我很沒自信心時，我會懊惱問自己，為什麼不去抽脂，如果去抽脂的話，事情的結果也許就會不一樣了。可是，因為我真正抽脂了，才終於真相大白，原來我當「台灣新少婦代言人」的原因，並不是來自於我的大屁股，而是源於我超齡的眼神。如果不是因為抽脂的關係，我可能還會持續執著在身材的盲點上，也許，我永遠都不可能會跨出那第一步，因為我看不清楚自己。原來，很多時候，失敗的經驗也是重要的經驗。雖然我沒有瘦到人神共憤的境界，但是我現在對自己可是越來越有信心了，跟身材變好無關，因為身材到目前為止還是沒有很驚為天人的效果出現，而是我又多瞭解自己一點了，雖然代價既痛又貴！

天啊！我從一開始不強求結論的心態到不知不覺碎碎念中找到了答案，也找到了本書的精神，我不得不承認，有時thinking out loud，把思想文字化是一個很好的找尋答案的方法。

勇敢地不斷推翻自己原先的答案就是太妃頭精神。

謝謝！！

後記

我的好朋友、忘年之交Yuna包小姐，今年芳齡一甲子又兩年，在我抽完脂沉澱的這段期間，不斷給我支持與鼓勵和中肯建議。她前幾天慎重地告訴我一句話：「Taffi我跟妳說，如果妳的心不開，那妳就不能突破。」這句話讓這幾個月快失去鬥志的我，突然瞭解「自己是最大的敵人」這句話的含意。這段期間，我的周遭親朋好友、經紀人、老師對我的信心從來都沒有減少過半分，是我自己不斷地對自己的決定存疑。

不知道是不是因為Yuna的一句話，我突然很強烈地想請我的好朋友兼專業攝影師Alvin梁來幫我拍兩張照片。我不需要他把我拍得漂漂亮亮，被photoshop大修特修的那種照片，但是我實在好奇現在他鏡頭下的我與一年前的我，到底有了什麼改變。

本來只想要拍兩張照片就好，結果邊拍邊看毛片，邊看邊感動。Alvin用他的相機拍攝了2年前的我，1年前的我，和現在的我；3個不同時期的我的轉變。交叉比對下，結果是Alvin難以置信的複雜情緒。他說：「這真的是我認識的Taffi嗎？」喔！You bet!和去年相比，單在表情方面，我已經進步，喔，不！應該說是進化成另一個Taffi了。我們絕佳的默契讓我深深體會到：演員是導演的工具，一個好演員是可以看到導演眼裡所投射出的感官世界的折射影像。不知不覺，我們從原本預定要花30分鐘拍的2張照片，追加成3個小時163張照片；攝影師完全可以瞭解我這2年來從55kg到45kg的辛苦與成長，在那當下，他被我感動，我也因為他的瞭解、感動而感動。

是啊！一切辛苦都值得！

看到照片影像的那一刻，我知道我的夢想終於要實現了！

至少，照片裡的眼睛是這麼告訴我。Alvin讓我看到了我所看不到的自己。

剛開始一心想要成名的心思，在這數十天的辛苦心路中早已不知去向，取而代之的就是更大的太妃頭啟示：

在磨難中找尋真理，在找到真理時就會感謝當初的磨難！

LOCUS

LOCUS

LOCUS

LOCUS